TRANZLATY

El idioma es para todos

Jezik je za sve

La Transformación
(*La Metamorfosis*)
Preobražaj

Franz Kafka

Español
Hrvatski

ISBN: 978-1-80572-147-5
Die Verwandlung
Franz Kafka, 1915

www.tranzlaty.com

Primera parte
Prvi dio

Gregorio Samsa se despertó una mañana de un sueño intranquilo.
Gregor Samsa se jednog jutra probudio iz nemirnih snova.
Se encontró en su cama, pero incapaz de moverse.
Našao se u svom krevetu, ali se nije mogao pomaknuti.
Se había transformado en una alimaña monstruosa.
Bio je pretvoren u monstruoznu štetočinu.
Estaba acostado boca arriba, sobre su espalda, que estaba dura como una armadura.
Ležao je na leđima, koja su bila tvrda poput oklopa.
Levantando un poco la cabeza podía ver su barriga.
Malo podigavši glavu, mogao je vidjeti svoj trbuh.
Pero su vientre estaba abovedado y dividido en segmentos.
Ali njegov trbuh je bio zaobljen i podijeljen na segmente.
La manta descansaba encima de su vientre redondeado.
Deka je počivala na njegovom zaobljenom trbuhu.
Pero la manta estaba a punto de caerse por completo.
Ali deka je bila blizu toga da potpuno sklizne dolje.
Sus piernas eran lamentables comparadas con su tamaño habitual.
Noge su mu bile jadne u usporedbi s njihovom uobičajenom veličinom.
Y sus muchas piernas se movían impotentes ante sus ojos.
I njegove brojne noge bespomoćno su mu treperile pred očima.
"¿Qué me ha pasado?" pensó para sí.
„Što mi se dogodilo?" pomislio je u sebi.
Pero no era un sueño del que no pudiera despertar.
Ali to nije bio san iz kojeg se nije mogao probuditi.
En realidad era su propia habitación la que él se encontraba.
To je zaista bila njegova vlastita soba u kojoj se našao.
Un auténtico espacio para humanos, aunque un poco pequeño.
Prava soba za ljude, ali samo malo premalena.

Él yacía tranquilamente entre las cuatro paredes conocidas.
Tiho je ležao između četiri dobro poznata zida.
Sobre la mesa había una colección de muestras textiles.
Na stolu je bila zbirka uzoraka tekstila.
Samsa era un vendedor ambulante, de ahí las muestras.
Samsa je bio trgovački putnik, otuda i uzorci.
Encima de las muestras textiles desmontadas había una imagen.
Iznad rastavljenih uzoraka tekstila nalazila se slika.
Recientemente había recortado la imagen de una revista.
Nedavno je izrezao sliku iz časopisa.
Había colocado el cuadro en un bonito marco dorado.
Stavio je sliku u lijep, pozlaćeni okvir.
El cuadro enmarcado mostraba a una dama sentada erguida.
Uokvirena slika prikazivala je ženu kako sjedi uspravno.
Llevaba un gorro de piel y tenía un manguito de piel.
Nosila je krznenu kapu i imala je krznenu mufnu.
Ella estaba levantando su mano hacia el espectador de la imagen.
Podigla je ruku prema gledatelju slike.
Todo su antebrazo desapareció dentro de su pesado manguito de piel.
Cijela joj je podlaktica nestala u teškoj krznenoj mufni.
Gregor miró por la ventana el clima gris.
Gregor je gledao kroz prozor u tmurno vrijeme.
Se podía oír fuertes gotas de lluvia golpeando la ventana.
Moglo se čuti kako teške kapi kiše udaraju o prozor.
El clima gris lo hacía sentir muy melancólico.
Sivo vrijeme ga je činilo vrlo melankoličnim.
"¿Qué tal si duermo un poco más?" pensó.
„Što kažeš da spavam još malo?" pomislio je.
"Dormir más podría ayudarme a olvidar estas tonterías".
"Više sna bi mi moglo pomoći da zaboravim ove gluposti."
Pero dormir más era completamente inviable.
Ali spavanje dalje bilo je potpuno nemoguće.
Porque estaba acostumbrado a dormir sobre su lado derecho.
Jer je navikao spavati na desnoj strani.

Pero su estado actual le impedía realizar sus movimientos habituales.

Ali njegovo trenutno stanje sprječavalo je njegove uobičajene pokrete.

No tenía forma de llegar a esa posición.

Nije imao načina da se dovede u ovu poziciju.

Intentó con todas sus fuerzas lanzarse hacia su lado derecho.

Pokušao je svim silama baciti se na desnu stranu.

Probablemente intentó este movimiento cientos de veces.

Vjerojatno je pokušao ovaj pokret stotinu puta.

Pero él siempre volvía a la posición supina.

Ali uvijek se zaljuljao natrag u ležeći položaj.

Cerró los ojos para no ver sus piernas inquietas.

Zatvorio je oči kako ne bi vidio svoje noge kako se vrpolje.

Al final el dolor le impidió intentarlo de nuevo.

Na kraju ga je bol spriječila da pokuša ponovno.

Un dolor sordo en el costado que nunca había sentido antes.

Tupa bol u boku kakvu nikada prije nije osjetio.

«Oh Dios», pensó desesperado Gregorio Samsa.

„O, Bože", očajnički je pomislio Gregor Samsa u sebi.

¡Qué profesión tan agotadora he elegido para mí!

"Kakav sam naporan posao odabrao za sebe!"

"Día tras día tengo que viajar por trabajo".

"Iz dana u dan moram putovati uokolo zbog posla."

"El trabajo de oficina es mucho más fácil que trabajar fuera de casa".

"Uredski posao je puno lakši od rada na putu."

"Y tengo la maldición de tener que viajar."

"I imam prokletstvo da moram putovati uokolo."

"Todas las preocupaciones por llegar a tiempo a los trenes."

"Sve te brige oko dolaska vlakova na vrijeme."

"Mis horarios de comida son irregulares y la comida es mala".

"Moji obroci su neredoviti, a hrana je loša."

"Mis amigos siempre están cambiando de ciudad en ciudad."

"Moji prijatelji se stalno mijenjaju od grada do grada."

"Las interacciones que tengo son frías y profesionales".

"Interakcije koje imam su hladne i profesionalne."
"¡Dejad que el Diablo se divierta con este tipo de trabajos!"
"Neka se Vrag zabavlja ovakvim poslom!"
Sintió un ligero picor en la parte superior del estómago.
Osjetio je lagano svrbež na vrhu trbuha.
Se apoyó contra el poste de la cama, con la espalda.
Leđima se naslonio na uzglavlje kreveta.
Quería poder levantar mejor la cabeza.
Htio je moći bolje podići glavu.
Encontró el punto que le picaba y le molestaba.
Pronašao je svrbežno mjesto koje ga je mučilo.
Su cabeza parecía estar cubierta de pequeños puntos blancos.
Činilo se da mu je glava prekrivena malim bijelim točkicama.
No podía decir qué eran esos pequeños puntos blancos.
Što su bile te male bijele točkice, nije mogao reći.
Había planeado tocar el lugar con una de sus piernas.
Planirao je dodirnuti to mjesto jednom nogom.
Pero cuando tocó el lugar sintió un extraño escalofrío.
Ali kad je dodirnuo to mjesto, osjetio je čudnu hladnoću.
Entonces inmediatamente retiró la pierna del lugar.
Zato je odmah povukao nogu s mjesta.
No tuvo más remedio que aceptar la sensación de picazón.
Nije imao drugog izbora nego prihvatiti osjećaj svrbeža.
Y volvió a su posición anterior en la cama.
I vratio se u svoj prijašnji položaj u krevetu.
"Despertarse tan temprano realmente te vuelve bastante estúpido".
"Buđenje tako rano čovjeka stvarno čini poprilično glupim."
"Un hombre debe dormir lo suficiente", pensó.
„Čovjek mora imati dovoljno sna", pomislio je u sebi.
"Los demás vendedores ambulantes viven una vida de lujo."
"Ostali trgovački putnici žive luksuznim životom."
"Por la mañana transfiero los pedidos que he recibido."
"Ujutro prenosim narudžbe koje sam primio."
"Mientras tanto esos señores todavía están desayunando."
"U međuvremenu, ta gospoda još uvijek doručkuju."

"Imagínese si intentara hacer eso con mi jefe".
"Zamisli samo da to pokušam učiniti sa svojim šefom."
"Me despediría antes de terminar mi desayuno."
"Otpustio bi me prije nego što završim doručak."
"Pero quizá eso tampoco sería lo peor."
"Ali možda ni to ne bi bilo najgore."
"El problema es que mis padres me están frenando".
"Problem je što me roditelji sputavaju."
"Si no fuera por ellos ya habría dimitido."
"Da nije bilo njih, već bih dao otkaz."
"Me habría enfrentado al jefe y se lo habría dicho".
"Suprotstavio bih se šefu i rekao mu."
"Diría exactamente lo que pienso de él y del trabajo".
"Rekao bih točno što mislim o njemu i poslu."
"¡Se caería del escritorio si le contara todo!"
"Pao bi sa stola kad bih mu sve rekao!"
"Es muy extraña la forma en que se sienta en su escritorio".
"Vrlo je čudan način na koji sjedi za svojim stolom."
"La forma en que habla con sus subordinados no es correcta".
"Način na koji razgovara sa svojim podređenima nije ispravan."
"Y lo peor es que su audición es muy pobre".
"A najgore od svega je što mu je sluh tako slab."
"Así que no te queda otra opción que sentarte muy cerca de él."
"Dakle, nemaš drugog izbora nego sjediti vrlo blizu njega."
Pero dicho todo esto, la esperanza no está completamente perdida todavía.
"Ali uz sve rečeno, nada još nije potpuno izgubljena."
"Ahorraré el dinero para pagar la deuda de mis padres".
"Uštedjet ću novac da otplatim dug svojih roditelja."
"No puedo hacer nada mientras todavía le deban dinero".
"Ne mogu ništa učiniti dok mu još duguju novac."
"Pero cuando la deuda esté pagada definitivamente lo haré."
"Ali kad dug bude otplaćen, sigurno ću to učiniti."
"Probablemente tomará otros cinco o seis años."

"Vjerojatno će trebati još pet do šest godina."
"Sí, entonces definitivamente se hará la gran separación".
"Da, onda će se veliki raskid definitivno dogoditi."
"Por el momento, sin embargo, debo levantarme de la cama."
"Međutim, za sada moram ustati iz kreveta."
"Porque mi tren sale a las cinco en punto."
"Jer mi vlak polazi u pet sati."
Gregor miró el despertador que sonaba sobre la mesa.
Gregor je pogledao otkucavanje budilice na stolu.
"¡Padre Celestial!" pensó al ver la hora.
„Nebeski Oče!" pomislio je dok je gledao u vrijeme.
Las seis y media ya habían pasado silenciosamente.
Pola sedam je već tiho prošlo.
Y las manecillas del reloj seguían avanzando.
I kazaljke sata su se neprestano pomicale naprijed.
Y ahora se acercaba la cuarta hora menos cuarto.
A sada se vrijeme bližilo četvrt do sedam.
"¿Quizás la alarma no sonó para despertarme?", pensó.
„Možda alarm nije zazvonio da me probudi?" pomislio je.
Desde la cama Gregor inspeccionó el despertador.
Gregor je iz kreveta pregledao budilicu.
El despertador estaba programado exactamente para las cuatro.
Budilica je bila točno postavljena na četiri sata.
No podía explicarlo, pero la alarma debió haber sonado.
Nije mogao objasniti, ali alarm je sigurno zazvonio.
"¿Cómo pude dormirme a pesar de la alarma sin darme cuenta?"
"Kako sam prespavao alarm, a da nisam znao?"
Cuando suena la alarma incluso sacude los muebles.
Kad zazvoni, alarm čak i namještaj trese.
Sabía que su sueño no había sido para nada tranquilo.
Znao je da mu san uopće nije bio miran.
Pero quizá por eso su sueño era mucho más profundo.
Ali možda je zato njegov san bio mnogo dublji.
Tenía que pensar qué debía hacer ahora.
Morao je razmisliti što bi sada trebao učiniti.

El siguiente tren no salía hasta las siete.
Sljedeći vlak nije polazio do sedam sati.
Coger ese tren sería casi imposible.
Uhvatiti taj vlak bilo bi gotovo nemoguće.
Y aún no había empacado los textiles que necesitaba.
I još nije spakirao tekstil koji mu je bio potreban.
Tampoco se sentía especialmente fresco y ágil.
Ni on se nije osjećao osobito svježe i okretno.
Quizás había una posibilidad de subir al tren.
Možda je postojala šansa da se ukrcam u vlak.
Pero de todas formas, un regaño por parte del jefe era inevitable.
Ali šefova ukor je bio neizbježan u svakom slučaju.
El empleado habría subido al tren de las cinco.
Službenik bi se ukrcao na vlak u pet sati.
El oficinista era una criatura sin carácter del jefe.
Uredski službenik bio je beskičmeno stvorenje šefa.
Así que la ausencia de Gregor ya habría sido informada.
Dakle, Gregorova odsutnost bi već bila prijavljena.
"¿Qué pasa si llamo para avisar que estoy enfermo?" Gregor estaba pensando.
„Što ako se javim da sam bolestan?" razmišljao je Gregor.
Pero eso sería extremadamente embarazoso y sospechoso.
Ali to bi bilo izuzetno neugodno i sumnjivo.
Gregor nunca había estado enfermo durante el tiempo que trabajó allí.
Gregor nikada nije bio bolestan dok je tamo radio.
Y ya les había dado cinco años de servicio.
A već im je dao pet godina službe.
Lo más probable era que el jefe viniera a ver cómo estaba.
Vjerojatno će ga šef doći provjeriti.
Probablemente traería al médico del seguro médico.
Vjerojatno bi doveo liječnika zdravstvenog osiguranja.
Y culparía a los padres por la pereza de su hijo.
I krivio bi roditelje za njihovog lijenog sina.
No podrían hacerle ninguna objeción.
Ne bi mu mogli staviti nikakav prigovor.

Porque para él sólo había dos clases de trabajadores.

Jer za njega su postojale samo dvije vrste radnika.

O bien los trabajadores estaban completamente sanos o bien eran reacios al trabajo.

Ili su radnici bili potpuno zdravi ili su se bojali raditi.

¿Y estaría equivocado en ese análisis básico?

I bi li uopće pogriješio u toj osnovnoj analizi?

Ciertamente, en este caso tenía un argumento sólido.

Svakako, u ovom slučaju, imao je snažan argument.

A pesar de su apariencia, Gregor en realidad se sentía bastante bien.

Unatoč svom izgledu, Gregor se zapravo osjećao prilično dobro.

El sueño innecesariamente largo lo dejó un poco somnoliento.

Nepotrebno dug san ga je učinio malo pospanim.

Pero aparte de eso no podía quejarse de enfermedad.

Ali osim toga nije se mogao žaliti na bolest.

Incluso sintió un hambre especialmente fuerte y saludable.

Čak je osjećao posebno jaku i zdravu glad.

Mientras pensaba estos pensamientos el reloj volvió a sonar.

Dok je razmišljao o tim mislima, sat je ponovno otkucao.

Según la alarma eran ya las siete menos cuarto.

Prema alarmu, sada je bilo petnaest do sedam.

Y ahora también se oyó un suave golpe en la puerta.

A sada se začulo i lagano kucanje na vratima.

—Gregor —lo llamó alguien. Era la madre.

„Gregore", netko ga je pozvao – bila je to majka.

"Son las siete menos cuarto", confirmó la alarma.

„Sad je petnaest do sedam", potvrdila je alarm.

¿No querías irte?, preguntó la suave voz.

„Nisi li htio otići?" upitao je nježni glas.

Gregor se asustó cuando oyó su voz respondiendo.

Gregor se uplašio kad je čuo svoj glas kako odgovara.

La voz seguía siendo la voz que siempre tuvo.

Glas je i dalje bio glas koji je oduvijek imao.

Pero ahora había un nuevo sonido mezclado en su voz.

Ali sada se u njegov glas miješao novi zvuk.

Desde lo más profundo de él también salió un doloroso chillido.

Iz dubine njegove unutrašnjosti izašao je i bolni cvilik.

Al principio su voz parecía formar palabras con claridad.

Isprva se činilo da njegov glas jasno oblikuje riječi.

Pero entonces Gregor escuchó el eco mental de su voz.

Ali tada je Gregor čuo mentalni odjek svog glasa.

La grabación de su voz se interrumpió de una manera extraña.

Snimka njegovog glasa se prekinula na čudan način.

Y no estaba seguro de si había escuchado las cosas correctamente.

I nije bio siguran je li dobro čuo.

Gregor sintió un profundo deseo de dar una respuesta detallada.

Gregor je osjetio duboku želju dati detaljan odgovor.

Quería explicarle todo claramente a su madre.

Htio je sve jasno objasniti svojoj majci.

Pero, dadas las circunstancias, tuvo que limitarse.

Ali, s obzirom na okolnosti, morao se ograničiti.

Y respondió mucho más breve de lo que le hubiera gustado.

I odgovorio je puno kraće nego što bi volio.

-Sí madre, no te preocupes, gracias, ya estoy levantado.

"Da, majko, ne brini, hvala, već sam ustala."

La puerta de madera probablemente ayudó a amortiguar su voz.

Drvena vrata su vjerojatno pomogla prigušiti njegov glas.

Desde fuera el cambio en la voz de Gregor pasó desapercibido.

Vani promjena u Gregorovom glasu ostala je nezapažena.

La madre pareció estar satisfecha con su explicación.

Majka je izgledala zadovoljna njegovim objašnjenjem.

Y ella se fue de nuevo tan silenciosamente como había llegado.

I otišla je opet jednako tiho kao što je i došla.

Pero la pequeña conversación tuvo un efecto no deseado.

Ali taj kratki razgovor imao je neželjeni učinak.

Llamó la atención de los demás miembros de la familia.

Privukao je pozornost ostalih članova obitelji.

Gregor todavía estaba en casa y no había ido a trabajar.

Gregor je još bio kod kuće i nije otišao na posao.

Y ahora el padre también llamó a la puerta lateral.

A sada je i otac pokucao na sporedna vrata.

Golpeó débilmente, pero decidido, con el puño.

Slabo je, ali odlučno, pokucao šakom.

—Gregor, Gregor —gritó—, ¿cuál es el problema?

„Gregore, Gregore“, pozvao je, „u čemu je problem?“

Al cabo de un rato volvió a advertir con voz más grave.

Nakon kratkog vremena ponovno je upozorio dubljim glasom.

Pero ahora la hermana llamó a la puerta del otro lado.

Ali na drugim vratima sestra je sada pokucala.

"¿Gregor? ¿No te encuentras bien?", preguntó en voz baja.

„Gregore? Zar ti nije dobro?“ tiho je upitala.

"¿Necesitas algo?" preguntó preocupada.

„Treba li ti što?“ upitala je zabrinuto.

Gregor respondió a ambas partes: "Ya he terminado".

Gregor je objema stranama odgovorio: "Već sam završio."

Había hecho todo lo posible para pronunciar todas las palabras con cuidado.

Trudio se da pažljivo izgovori sve riječi.

Y eliminó todo lo que era llamativo en su voz.

I uklonio je sve upadljivo iz svog glasa.

El padre también parecía satisfecho con la respuesta.

Činilo se da je i otac bio zadovoljan odgovorom.

Y regresó a su desayuno inacabado.

I vratio se svom nedovršenom doručku.

Pero la hermana susurró: "Gregor, ábreme, te lo ruego".

Ali sestra je šapnula: "Gregore, otvori, molim te."

Pero su preocupación por él no podía conmoverlo de ninguna manera.

Ali njezina briga za njega nije ga mogla ni na koji način dirnuti.

Gregor no tenía intención de abrirle la puerta.

Gregor nije imao namjeru otvoriti joj vrata.

Había adquirido algunos hábitos de cautela al viajar.

Putujući je stekao neke oprezne navike.

Y se alababa a sí mismo por haber cerrado las puertas.

I pohvalio se što je zaključao vrata.

Primero quiso levantarse tranquilamente y a su propio ritmo.

Prvo je htio tiho ustati u svoje vrijeme.

Y sin que nadie le molestara quiso vestirse.

I, bez da ga se ometa, htio se odjenuti.

Una vez logrado esto, quiso entonces desayunar.

Nakon što je to postigao, htio je doručkovati.

Sólo entonces quiso reflexionar más sobre la situación.

Tek tada je htio dalje razmotriti situaciju.

Sabía que no tenía sentido hacer planes en la cama.

Znao je da nema smisla praviti planove u krevetu.

Sería imposible llegar a una conclusión sensata.

Doći do razumnog zaključka bilo bi nemoguće.

Había habido otras ocasiones en las que se despertó con dolores leves.

Bilo je i drugih puta kada se budio s blagim bolovima.

Estos dolores siempre resultaban ser pura imaginación.

Te su se boli uvijek pokazale kao čista mašta.

Al levantarme de la cama el dolor invariablemente desaparecía.

Pri ustajanju iz kreveta bol bi neizbježno nestala.

Tenía curiosidad por ver qué pasaría con esas ideas.

Bio je znatiželjan vidjeti što će se dogoditi s tim idejama.

El cambio en su voz probablemente se debió sólo a un resfriado.

Promjena u njegovom glasu vjerojatno je bila samo od prehlade.

Los resfriados son simplemente un riesgo laboral para los viajeros.

Prehlade su samo profesionalna opasnost za putnike.

No tenía ninguna duda de que ésa era la explicación lógica.

Nije sumnjao da je to logično objašnjenje.

Logró quitarse la manta de encima con facilidad.
Skinuti pokrivač sa sebe bilo je lako postignuto.
Lo único que tenía que hacer era inhalar e inflarse.
Sve što je trebao učiniti bilo je udahnuti i napuhati se.
La manta se deslizó de su cuerpo y cayó al suelo.
Deka je skliznula s njegovog tijela i pala na pod.
Su cuerpo increíblemente ancho dificultaba otras cosas.
Njegovo nevjerojatno široko tijelo otežavalo je druge stvari.
Habría necesitado brazos y manos para ponerse de pie.
Trebale bi mu ruke i šake da ustane.
Pero ya no tenía las extremidades que solía tener.
Ali nije imao udove koje je nekad imao.
En lugar de brazos y manos tenía muchas piernas pequeñas.
Umjesto ruku i šaka imao je mnogo malih nogu.
Y sus piernas se movían constantemente, sin su control.
I noge su mu se neprestano pomicale, bez njegove kontrole.
Intentó doblar una pierna, pero en lugar de eso se estiró.
Pokušao je saviti jednu nogu, ali se umjesto toga istegnula.
Finalmente logró controlar una pierna.
Konačno je uspio staviti jednu nogu pod kontrolu.
Pero luego se liberó el movimiento de las otras piernas.
Ali onda je pokret ostalih nogu bio oslobođen.
Y todas sus piernas se crisparon de extrema excitación.
I sve su mu se noge trzale od ekstremnog uzbuđenja.
Primero quería sacar la parte inferior de su cuerpo de la cama.
Prvo je htio izvući donji dio tijela iz kreveta.
Pero en realidad aún no había visto la parte inferior de su cuerpo.
Ali zapravo još nije vidio donji dio tijela.
Y, de todas formas, resultó demasiado difícil mover esta pieza.
I ionako se pokazalo preteškim pomaknuti ovaj dio.
Finalmente, con todas sus fuerzas, realizó un movimiento salvaje.
Konačno, svom snagom, napravio je jedan divlji potez.
Sin más vacilación, avanzó.

Bez daljnjeg oklijevanja krenuo je naprijed.
Pero había elegido la dirección equivocada.
Ali odabrao je pogrešan smjer u kojem će krenuti.
Golpeó violentamente su cuerpo contra el poste inferior de la cama.
Snažno je udarao tijelom o donji stup kreveta.
El dolor ardiente que sintió le enseñó una valiosa lección.
Pekuća bol koju je osjećao naučila ga je vrijednu lekciju.
La parte inferior de su cuerpo era quizás más sensible.
Donji dio njegovog tijela bio je možda osjetljiviji.
Entonces intentó sacar primero la parte superior del cuerpo de la cama.
Zato je prvo pokušao ustati iz kreveta gornjim dijelom tijela.
Giró cuidadosamente la cabeza en la dirección correcta.
Pažljivo je okrenuo glavu u pravom smjeru.
Y pronto su cabeza estaba mirando hacia el borde de la cama.
I ubrzo mu je glava bila okrenuta prema rubu kreveta.
Este movimiento cauteloso en realidad fue fácil para él.
Ovaj oprezni pokret mu je zapravo bio lak.
Y su anchura y peso no detuvieron su movimiento.
I njegova širina i težina nisu zaustavljale njegovo kretanje.
La masa de su cuerpo siguió lentamente el giro de la cabeza.
Masa njegovog tijela polako je pratila okretanje glave.
Pero luego sostuvo su cabeza sobre el borde de la cama.
Ali onda je nagnuo glavu preko ruba kreveta.
Y se enfrentó a un nuevo miedo en el que aún no había pensado.
I suočio se s novim strahom o kojem još nije razmišljao.
Avanzar más por este camino podría ser peligroso.
Daljnje napredovanje na ovaj način moglo bi biti opasno.
Había pensado que simplemente se dejaría caer.
Mislio je da će se jednostavno pustiti da padne.
Pero sería un milagro si no se lesionara la cabeza.
Ali bilo bi čudo da nije ozlijedio glavu.
Ahora no era el momento de arriesgarse a perder el conocimiento.
Sada nije bilo vrijeme za riskiranje gubitka svijesti.

Quizás sería mejor quedarse en la cama después de todo.
Možda bi ipak bilo bolje ostati u krevetu.
Pero luego tuvo que hacer el mismo esfuerzo para regresar.
Ali onda je morao uložiti isti napor da se vrati.
Después de todo ese esfuerzo él estaba tendido allí igual que antes.
Nakon sveg tog truda ležao je tamo baš kao i prije.
Y ahora sus piernas parecían incluso más enojadas que antes.
A sada su mu se noge činile još ljutijima nego što su bile.
Los movimientos de sus piernas se habían vuelto aún más incontrolables.
Pokreti njegove noge postali su još nekontroliraniji.
No veía manera de salir de la situación en la que se encontraba.
Nije vidio izlaz iz situacije u kojoj se našao.
De este caos no fue posible sacar la paz ni el orden.
Mir i red nisu se mogli izvući iz ovog kaosa.
Pero sabía que quedarse en la cama tampoco era una opción.
Ali znao je da ni ostajanje u krevetu nije opcija.
Sacrificarlo todo era la opción más sensata.
Žrtvovati sve bila je najrazumnija opcija.
Se aferró a la más mínima esperanza de levantarse de la cama.
Držao se za najmanju nadu da će ustati iz kreveta.
Si lo hubiera conseguido, todo riesgo habría valido la pena.
Da je to uspio, sav rizik bi se isplatio.
Pero al mismo tiempo también recordó algo más.
Ali istovremeno se sjetio i nečeg drugog.
"Mejores que decisiones desesperadas son reflexiones tranquilas."
"Bolje od očajničkih odluka su mirna razmišljanja."
Con todo su esfuerzo centró su mirada en la ventana.
Svim je naporom usmjerio pogled na prozor.
Pero lo que vio le trajo poca confianza y alegría.
Ali ono što je vidio nije donijelo mnogo samopouzdanja i veselja.

La niebla de la mañana cubría toda la estrecha calle.
Jutarnja magla prekrila je cijelu usku ulicu.
El despertador volvió a sonar; ahora eran las siete.
Budilica je ponovno zazvonila; sada je bilo sedam sati.
"Ya son las siete y todavía hay mucha niebla."
"Već je sedam sati, a još uvijek je takva magla."
Durante un rato permaneció en silencio, respirando débilmente.
Neko je vrijeme ležao mirno, slabo dišući.
Quizás un poco de quietud traería algo de normalidad.
Možda bi malo tišine donijelo neku normalnost.
Un silencio absoluto podría provocar las condiciones reales.
Potpuna tišina mogla bi izazvati stvarne uvjete.
Pero antes de que el reloj volviera a sonar, rompió el silencio.
Ali prije nego što je sat ponovno otkucao, prekinuo je tišinu.
"Antes de que el reloj vuelva a sonar, debo levantarme de la cama."
"Prije nego što sat ponovno otkuca, moram izaći iz kreveta."
"Para entonces tengo que estar totalmente fuera de la cama."
"Do tada apsolutno moram biti potpuno izvan kreveta."
"Después de las siete y cuarto la oficina enviará a alguien."
"Nakon osam i petnaest, ured će poslati nekoga."
"Porque la oficina abrió antes de las siete."
"Jer se ured otvorio prije sedam sati."
Y ahora empezó a balancear su cuerpo fuera de la cama.
I sada je počeo ljuljati svoje tijelo iz kreveta.
Había abandonado el centrarse en la parte superior o inferior de su cuerpo.
Prestao se fokusirati na gornji ili donji dio tijela.
Todo el largo de su cuerpo tuvo que salir de la cama.
Cijela dužina njegovog tijela morala je napustiti krevet.
Caer de esa manera debería proteger su cabeza, pensó.
Pad na ovaj način trebao bi mu zaštititi glavu, pomislio je.
Había planeado levantar la cabeza cuando cayera al suelo.
Planirao je podići glavu kad udari o tlo.

La parte posterior de su cuerpo parecía lo suficientemente dura para el impacto.
Stražnji dio njegova tijela činio se dovoljno tvrdim za udar.
Y la alfombra estaba allí para suavizar el aterrizaje.
A tepih je bio tu da ublaži slijetanje.
Sin embargo, su mayor preocupación era el fuerte ruido.
Međutim, njegova najveća briga bila je glasna buka.
El ruido estrepitoso asustaría a todos en la casa.
Zvuk loma bi prestrašio sve u kući.
Quizás no les daría miedo el ruido fuerte.
Možda se ne bi užasavali glasne buke.
Pero seguramente se preocuparían si oyeran eso.
Ali sigurno bi se zabrinuli ako bi čuli.
Pero había que correr el riesgo de llamar la atención.
Ali rizik privlačenja pažnje se morao preuzeti.
El nuevo método era más un juego que un esfuerzo.
Nova metoda je bila više igra nego napor.
Tuvo que balancear su cuerpo con movimientos bruscos y espasmódicos.
Morao je ljuljati tijelo naglim i trzavim pokretima.
Gregor ya estaba medio levantado de la cama.
Gregor je već bio napola ustao iz kreveta.
Ahora se le ocurrió una idea nueva.
Sad mu je upravo pala na pamet nova misao.
"Todo sería tan fácil si alguien viniera en mi ayuda."
"Sve bi bilo tako lako kad bi mi netko priskočio u pomoć."
"Dos personas fuertes serían suficientes."
"Dvije snažne osobe bile bi sasvim dovoljne."
Su padre y la criada serían lo suficientemente fuertes.
Njegov otac i sluškinja bili bi dovoljno jaki.
Sólo tendrían que deslizar los brazos bajo su espalda.
Samo bi morali zavući ruke ispod njegovih leđa.
Y luego pudieron sacarlo fácilmente de la cama.
A onda bi ga lako mogli skinuti s kreveta.
Quizás habrían tenido que bajarle el peso poco a poco.
Možda bi morali polako smanjiti njegovu težinu.

Ojalá entonces las piernas hubieran encontrado su propósito.

Nadajmo se da bi tada noge pronašle svoju svrhu.

¿No sería mejor después de todo pedir ayuda?

"Ne bi li ipak bilo bolje pozvati pomoć?"

El problema, por supuesto, era que había cerrado las puertas.

Problem je naravno bio u tome što je zaključao vrata.

Había algo en ese pensamiento que le hacía cosquillas.

Nešto u toj ga je misli zagolicalo.

Y a pesar de sus dificultades, no pudo evitar esbozar una sonrisa.

I unatoč teškoćama, nije mogao suspregnuti osmijeh.

Ya estaba cerca de perder el equilibrio.

Već je bio blizu gubitka ravnoteže.

Cada movimiento lo acercaba más a caerse de la cama.

Svaki zamah ga je približavao padu s kreveta.

Pronto tendría que tomar la decisión final.

Uskoro će morati donijeti konačnu odluku.

En cinco minutos serían las siete y cuarto.

Za pet minuta bit će osam i petnaest.

Mientras pensaba estos pensamientos, sonó el timbre.

Dok je razmišljao o tim stvarima, zazvonilo je zvono na vratima.

"Es alguien de la oficina", se dijo.

„To je netko iz ureda", rekao je sam sebi.

Y casi se quedó paralizado de miedo ante la visita.

I gotovo se ukočio od straha zbog posjetitelja.

Sus piernas bailaron aún más salvajemente que antes.

Noge su mu plesale još divlje nego prije.

Pero luego, por un momento, todo quedó en silencio.

Ali onda je, na trenutak, sve ostalo tiho.

"No abrirán la puerta", se dijo Gregor.

„Neće otvoriti vrata", reče Gregor sam sebi.

Todavía estaba atrapado en una esperanza sin sentido.

Još je uvijek bio obuzet nekom besmislenom nadom.

Pero luego, por supuesto, la criada se dirigió a la puerta.

Ali onda je, naravno, sluškinja otišla do vrata.

Y como siempre, le abrió la puerta al visitante.
I, kao i uvijek, otvorila je vrata posjetitelju.
A Gregor le bastó con oír el primer saludo del visitante.
Gregoru je trebalo samo čuti prvi pozdrav posjetitelja.
Pudo saber inmediatamente quién había venido a buscarlo.
Odmah je mogao reći tko je došao po njega.
El propio jefe de oficina había venido a ver cómo estaba Samsa.
Sam glavni službenik došao je provjeriti Samsu.
¿Por qué Gregor fue el único condenado a este destino?
Zašto je Gregor bio jedini osuđen na tu sudbinu?
¿Por qué sólo él tuvo que servir en tal organización?
Zašto je samo on morao služiti u takvoj organizaciji?
El más mínimo descuido despertaba inmediatamente sospechas.
Najmanji propust odmah je izazivao sumnju.
¿Todos los empleados que trabajaban allí eran unos sinvergüenzas?
Jesu li svi zaposlenici koji su tamo radili bili nitkovi?
¿No había entre ellos ninguna persona fiel y devota?
Nije li među njima bilo vjerne i odane osobe?
¿No podrían haber enviado simplemente un aprendiz?
Nisu li mogli jednostavno poslati šegrta?
¿Era realmente necesario todo este cuestionamiento?
Je li svo ovo ispitivanje uopće bilo potrebno?
¿El representante autorizado tenía que venir personalmente?
Je li ovlašteni predstavnik morao doći osobno?
¿Había que informar a toda la familia inocente?
Je li cijela nevina obitelj morala biti obaviještena?
Todas estas consideraciones impulsaron a Gregor a actuar.
Sva ta razmatranja potaknula su Gregora na djelovanje.
Se levantó de la cama con todas sus fuerzas.
Svom snagom se skočio iz kreveta.
Se escuchó un fuerte estallido, pero no era realmente un ruido.
Čuo se glasan prasak, ali to nije bio pravi zvuk.
La caída había sido ligeramente suavizada por la alfombra.

Pad je bio malo ublažen tepihom.

Su espalda era más elástica de lo que Gregor había pensado.

Leđa su mu bila elastičnija nego što je Gregor mislio.

Así que el sonido era más apagado y no tan perceptible.

Dakle, zvuk je bio prigušeniji i ne toliko primjetan.

Pero no había cuidado su cabeza durante la caída.

Ali nije pazio na glavu tijekom pada.

Y cuando golpeó el suelo también se golpeó la cabeza.

A kad je udario o tlo, udario je i glavom.

Se frotó la cabeza contra la alfombra con rabia y dolor.

Trljao je glavu o tepih od bijesa i boli.

Pero el gerente de la habitación de al lado escuchó el ruido.

Ali upravitelj u susjednoj sobi čuo je buku.

"Algo cayó allí", observó correctamente.

„Nešto je tamo palo", ispravno je primijetio.

Gregor intentó imaginarse al gerente en su situación.

Gregor je pokušao zamisliti upravitelja u svojoj situaciji.

"¿Podría pasarle lo mismo a él?" se preguntó.

„Može li se isto dogoditi i njemu?" pitao se.

Aceptó que este extraño acontecimiento pudiera ser posible.

Prihvatio je da je ovaj neobičan događaj moguć.

Y entonces el jefe de oficina dio unos pasos hacia la habitación.

A onda je glavni službenik napravio nekoliko koraka do sobe.

Fue casi una respuesta burda a la pregunta que hizo.

Bio je to gotovo grub odgovor na pitanje koje je postavio.

Sus botas de cuero crujieron cuando se acercó a la puerta.

Njegove kožne čizme su škripale dok se približavao vratima.

Desde la habitación de su derecha su criada le susurró:

Iz sobe s njegove desne strane šapnula mu je sluškinja.

Gregor, el representante autorizado está aquí.

"Gregore, ovlašteni predstavnik je ovdje."

—Lo sé —dijo Gregor, pero sólo en voz baja, para sí mismo.

„Znam", rekao je Gregor, ali samo tiho sam sebi.

No se atrevió a levantar la voz por encima de un susurro.

Nije se usudio podići glas iznad šapata.

Porque Gregor no quería que su hermana lo oyera.

Jer Gregor nije htio da ga sestra čuje.

—**Gregor** —**dijo el padre desde la habitación de la izquierda.**

„Gregore", rekao je otac iz sobe s lijeve strane.

"El gerente ha venido a comprobar cuál es el problema".

"Voditelj je došao provjeriti u čemu je problem."

"Él te preguntó por qué no saliste en el tren temprano."

"Pitao je zašto nisi krenuo ranim vlakom."

"No sabemos qué decirle", dijo el padre.

„Ne znamo što bismo mu rekli", rekao je otac.

"Por cierto, también quiere hablar contigo personalmente."

"Usput, i on želi osobno razgovarati s vama."

"Por favor, abre la puerta para que pueda hablar contigo."

"Molim vas, otvorite vrata da može razgovarati s vama."

"Tendrá la amabilidad de disculpar el desorden en la habitación".

"Bit će dovoljno ljubazan da ispriča nered u sobi."

"Buenos días, señor Samsa", le saludó el gerente.

„Dobro jutro, gospodine Samsa", doviknuo mu je upravitelj.

Y ciertamente le habló de manera amistosa.

I svakako je s njim razgovarao prijateljski.

"No está bien", le dijo la madre al gerente.

„Nije mu dobro", rekla je majka upravitelju.

"No se encuentra bien en absoluto, créame, querido gerente."

"Nije mu nimalo dobro, vjerujte mi, dragi upravitelju."

¿Por qué si no, Gregor perdería el tren de la mañana?

"Zašto bi inače Gregor propustio jutarnji vlak?"

"El chico no tiene nada en la cabeza excepto el negocio."

"Dečko nema ništa na umu osim posla."

"Casi me molesta que no haga nada más".

"Gotovo me živcira što ne radi ništa drugo."

"Me gustaría que saliera por las noches a tomar aire fresco".

"Volio bih da izlazi navečer na svježi zrak."

"Estuvo en la ciudad ocho días por negocios."

"Bio je u gradu osam dana poslovno."

"Pero él estaba en casa todas esas noches"

"Ali onda je svake od tih večeri bio kod kuće"

"Se sienta en nuestra mesa y lee el periódico".

"Sjedi za našim stolom i čita novine."
"En otras ocasiones, estudia los horarios de los trenes."
"U drugim prilikama proučava vozni red vlakova."
"A veces se mantiene ocupado con la carpintería".
"Ponekad se doista zaokupi stolarstvom."
"Por ejemplo, talló un pequeño marco de madera para cuadros".
"Na primjer, izrezbario je mali drveni okvir za slike."
"Estuvo ocupado con la sierra durante dos o tres tardes".
"Dvije ili tri večeri bio je zauzet pilom."
"Te sorprenderá lo bonito que es el marco de fotos".
"Bit ćete zadivljeni koliko je okvir za sliku lijep."
"Ha colgado el marco de fotos en su habitación."
"Objesio je okvir za sliku u svojoj sobi."
"Cuando abra la puerta veréis su carpintería."
"Kad otvori vrata, vidjet ćete njegove drvene radove."
"Por cierto, me alegro de que esté aquí, señor Prokurist".
"Usput, drago mi je da ste ovdje, gospodine Prokurist."
"Solos no habríamos podido lograr que Gregor abriera la puerta."
"Sami ne bismo mogli natjerati Gregora da otvori vrata."
"Es muy terco", le confesó su madre al empleado.
„Tako je tvrdoglav“, priznala je njegova majka službeniku.
"Ciertamente está enfermo, aunque antes lo negó".
"Svakako mu nije dobro, iako je to prije poricao."
"Estaré allí enseguida", dijo Gregor lentamente y con cuidado.
„Odmah ću doći“, rekao je Gregor polako i oprezno.
Pero no hizo ningún movimiento hacia la puerta de la habitación.
Ali nije se pomaknuo prema vratima sobe.
No quería perderse ni una palabra de la conversación.
Nije htio izgubiti ni riječ razgovora.
El secretario jefe estuvo de acuerdo con la evaluación de la madre.
Glavni službenik složio se s majčinom procjenom.
-Tampoco puedo explicarlo de otra manera, señora.

"Ni ja to ne mogu drugačije objasniti, gospođo."

"Esperemos que no tenga ninguna enfermedad grave", dijo.

„Nadajmo se svi da nema neku tešku bolest", rekao je.

"Por otro lado, es un peligro en nuestra industria".

"S druge strane, to je opasnost u našoj industriji."

"Nosotros, los empresarios, a menudo tenemos que superar el malestar."

"Mi poslovni ljudi često moramo prevladati nelagodu."

"Los profesionales simplemente tienen que aguantar los dolores leves".

"Profesionalci samo moraju podnijeti blage bolove."

Mientras tanto su padre volvió a llamar a la otra puerta.

U međuvremenu, njegov otac je ponovno pokucao na druga vrata.

"¿Puede entrar ahora el jefe de oficina?" quiso saber.

„Može li glavni službenik sada ući?" htio je znati.

"No, no puede", respondió Gregor a la pregunta de su padre.

„Ne, ne može", odgovorio je Gregor na očevo pitanje.

Un silencio incómodo cayó en la habitación de la izquierda.

U sobi s lijeve strane zavladala je neugodna tišina.

En la habitación de la derecha la hermana comenzó a sollozar.

U sobi s desne strane sestra je počela jecati.

¿Por qué la hermana no se había ido a estar con los demás?

Zašto sestra nije otišla biti s ostalima?

Probablemente acababa de levantarse de la cama, pensó.

Vjerojatno je upravo ustala iz kreveta, pomislio je.

Es posible que ni siquiera haya empezado a vestirse todavía.

Možda se još nije ni počela odijevati.

Pero Gregor no podía entender por qué ella lloraba.

Ali Gregor nije mogao shvatiti zašto plače.

¿Fue porque no se levantó y dejó entrar al gerente?

Je li to bilo zato što nije ustao i pustio upravitelja unutra?

¿Fue porque estaba en peligro de perder su trabajo?

Je li to bilo zato što mu je prijetila opasnost od gubitka posla?

¿Podría el jefe venir a buscar a los padres como antes?

Može li šef doći po roditelje kao prije?

¿Iba a volver a hacerles las mismas exigencias de siempre?
Hoće li im ponovno postaviti stare zahtjeve?
Estas cosas probablemente no hacían que hubiera que preocuparse.
O tim se stvarima vjerojatno nije trebalo brinuti.
Por el momento no tenía motivos para llorar.
Za sada nije imala razloga za plakanje.
Gregor todavía estaba allí, manteniendo a la familia.
Gregor je još uvijek bio ovdje i uzdržavao obitelj.
Y nunca tuvo intención de abandonar a la familia.
I nikada nije imao namjeru napustiti obitelj.
Por el momento, simplemente permaneció tendido sobre la alfombra.
Zasad je samo ležao na tepihu.
La familia desconocía la condición en la que se encontraba.
Obitelj nije znala u kakvom se stanju nalazio.
Si lo hubieran sabido no habrían animado a su jefe.
Da su znali, ne bi ohrabrivali njegovog šefa.
Ni siquiera habrían dejado entrar al gerente a la casa.
Ne bi čak ni upravitelja pustili u kuću.
No habría sido particularmente grosero rechazarlo.
Odbiti ga ne bi bilo osobito nepristojno.
Fácilmente podría haber encontrado una excusa adecuada más tarde.
Kasnije je lako mogao pronaći prikladan izgovor.
No era algo por lo que lo hubieran podido despedir.
To nije bilo nešto zbog čega bi mogao biti otpušten.
Gregor pensó que ahora sería más sensato que lo dejaran solo.
Gregor je smatrao da bi sada bilo razumnije da ga ostave samog.
Molestarlo con llantos y conversaciones no sirvió de mucho.
Uznemiravanje plakanjem i pričanjem nije puno postiglo.
Pero fue la incertidumbre lo que molestó a los demás.
Ali upravo je ta neizvjesnost mučila ostale.
Y fue esta incertidumbre la que justificó su comportamiento.
I upravo je ta neizvjesnost opravdavala njihovo ponašanje.

—¡Señor Samsa! —gritó el gerente en voz alta.

„Gospodine Samsa", pozvao je upravitelj povišenim glasom.

"¿Qué te pasa?" quiso saber.

„Što se događa s tobom?" htio je znati.

"Te has atrincherado en tu habitación."

"Zabarikadirali ste se u svojoj sobi."

"Solo puedes responder con un 'sí' o un 'no'."

"Odgovarate samo s 'da' ili 'ne'."

"Estás causando serias preocupaciones a tus padres."

"Zbog tebe roditeljima stvaraš ozbiljne brige."

"No veo ninguna buena razón para preocuparlos".

"Ne vidim dobar razlog zašto biste ih zabrinjavali."

"Hay otra cosa más que mencionaré de paso."

"Još nešto ću spomenuti usput."

"También estás descuidando tus obligaciones comerciales hacia nosotros".

"Također zanemarujete svoje poslovne dužnosti prema nama."

"Esa irresponsabilidad está totalmente fuera de tu carácter".

"Takva neodgovornost je sasvim netipična za tebe."

"Hablo aquí en nombre de tus padres y de tu jefe".

"Govorim ovdje u ime vaših roditelja i vašeg šefa."

"Y os pido una explicación inmediata y clara."

"I molim vas za hitno i jasno objašnjenje."

"Todo esto realmente me sorprende, debo decir".

"Moram priznati da me cijela ova stvar stvarno zadivljuje."

"Pensé que te conocía como una persona tranquila y razonable."

"Mislio sam da te poznajem kao mirnu i razumnu osobu."

"Pero ahora nos estás mostrando un lado diferente de ti".

"Ali sada nam pokazuješ drugu stranu sebe."

"De repente estás mostrando tus caprichos tan peculiares."

"Odjednom pokazuješ svoje vrlo neobične hirove."

"Pero podría haber una explicación para tu fracaso".

„Ali možda postoji objašnjenje za tvoj neuspjeh."

"El jefe mencionó una deuda que usted había cobrado para nosotros."

"Šef je spomenuo dug koji ste nam naplatili."

"Le di al jefe mi palabra de honor en tu nombre".

"Dao sam šefu časnu riječ u vaše ime."

"Pero ahora veo tu incomprensible terquedad."

"Ali sada vidim tvoju neshvatljivu tvrdoglavost."

"Aún podría perder todo mi deseo de ayudarte."

"Možda ipak izgubim svu želju da ti uopće pomognem."

"Su seguridad laboral no es en absoluto totalmente estable".

"Vaša sigurnost posla nipošto nije sasvim stabilna."

"Originalmente tenía la intención de contarte todo esto en privado".

"Izvorno sam ti ovo namjeravao reći nasamo."

"Pero ahora veo que quieres que pierda mi tiempo aquí".

"Ali sada vidim da želiš da ovdje gubim vrijeme."

"Así que no veo ninguna razón por la que tus padres no deberían saberlo."

„Dakle, ne vidim razloga zašto tvoji roditelji ne bi trebali znati.“

"Su desempeño reciente no ha sido satisfactorio."

"Vaš nedavni učinak nije bio zadovoljavajući."

"Reconozco que las ventas son más lentas en esta época del año".

"Slažem se da je prodaja sporija u ovo doba godine."

"Pero no hay época del año en que no haya ventas".

"Ali ne postoji doba godine kada nema prodaje."

Por un momento Gregor olvidó todo lo que le rodeaba.

Na trenutak Gregor zaboravi sve oko sebe.

—¡Pero señor Prokurist! —gritó Gregor desesperado.

„Ali gospodine Prokurist!“, povika Gregor u očaju.

"Abriré la puerta enseguida, ahora mismo, no te preocupes."

"Otvorit ću vrata odmah, odmah, ne brini."

"El problema es que me he estado sintiendo bastante mal."

"Problem je što se osjećam prilično loše."

"Mi mareo me impidió llegar a la puerta."

"Vrtoglavica me spriječila da dođem do vrata."

"Todavía estoy en cama, pero me siento mucho mejor."

"Još uvijek ležim u krevetu, ali osjećam se puno bolje."

"Un momento por favor, me estoy levantando de la cama."

"Molim vas, samo trenutak, upravo ustajem iz kreveta."
**"Un momento de paciencia es todo lo que pido, señor
Prokurist."**
"Molim samo trenutak strpljenja, gospodine Prokurist."
"No va tan bien como pensaba, pero estaré bien".
"Ne ide tako dobro kao što sam mislio/la, ali bit ću dobro."
**"¿Cómo puede sucederle algo así a una persona tan
rápidamente?"**
"Kako se takvo što može tako brzo dogoditi osobi?"
"Me sentí bien anoche, mis padres lo saben."
"Sinoć sam se osjećao dobro, moji roditelji to znaju."
"Pero quizá ya tuve una pequeña premonición entonces."
"Ali možda sam već tada imao mali predosjećaj."
"Quizás te preguntes por qué no lo reporté en la oficina".
"Možda se pitate zašto to nisam prijavio u uredu."
"Pensé que me sentiría mucho mejor por la mañana".
"Mislio sam da ću se ujutro opet osjećati puno bolje."
**"Uno siempre piensa que para entonces ya habrá superado la
enfermedad."**
"Čovjek uvijek misli da će do tada pobijediti bolest."
"¡Pero por favor! ¡Libera a mis padres de estas acusaciones!"
"Ali molim vas! Poštedite moje roditelje ovih optužbi!"
"No me han dicho ni una palabra de lo que me contaste."
"Nisu mi rekli ni riječi o onome što si mi rekao."
"Puede que no hayas leído las últimas órdenes que envié".
"Možda nisi pročitao/la posljednje naredbe koje sam
poslao/la."
"Por cierto, no tienes que preocuparte por mí hoy."
"Usput, danas se ne moraš brinuti za mene."
"Aun así voy a tomar el tren de las ocho."
"Ipak ću uzeti vlak u osam sati."
"Las pocas horas de descanso me han fortalecido bastante".
"Nekoliko sati odmora me dovoljno ojačalo."
"Realmente no hay necesidad de esperar, gerente."
"Zaista nema potrebe da čekate, menadžere."
"Yo también estaré en la oficina muy pronto."
"I ja ću uskoro biti u uredu."

"Y por favor, ten la amabilidad de decirme algo bueno".
"I molim vas, budite tako ljubazni da kažete koju lijepu riječ za mene."
Gregor había pronunciado su explicación con bastante precipitación.
Gregor je svoje objašnjenje izrekao prilično brzopleto.
Apenas sabía lo que realmente estaba tratando de decir.
Jedva je znao što zapravo pokušava reći.
Se acercó a la caja y trató de usarla para ponerse de pie.
Prišao je kutiji i pokušao je iskoristiti da ustane.
Realmente tenía toda la intención de abrir la puerta.
Zaista je imao namjeru otvoriti vrata.
Quería ser visto por el representante autorizado.
Želio je da ga vidi ovlašteni predstavnik.
Y quería resolver el problema con él personalmente.
I htio je osobno riješiti problem s njim.
Estaba ansioso por saber cómo reaccionarían los demás ante él.
Bio je nestrpljiv znati kako će ostali reagirati na njega.
Ya deben estar ansiosos por ver cómo está.
Sigurno su i oni sada željni vidjeti kako je.
Había dos formas posibles en las que podían reaccionar ante él.
Postojala su dva moguća načina na koja su mogli reagirati na njega.
Una posibilidad era que estuvieran asustados.
Jedna mogućnost bila je da će se uplašiti.
Si estaban asustados entonces él no tenía ninguna responsabilidad.
Ako su bili uplašeni, onda on nije imao nikakvu odgovornost.
Y entonces no tendría que preocuparse por la situación.
I onda se ne bi morao brinuti o situaciji.
Pero también había otra posibilidad en la que pensar.
Ali postojala je i druga mogućnost o kojoj je trebalo razmisliti.
Quizás aceptarían con calma su forma de ser.
Možda bi ga mirno prihvatili takvog kakav jest.
Entonces Gregor tampoco tendría motivos para enojarse.

Tada ni Gregor ne bi imao razloga za uzrujavanje.

Todavía habría tiempo suficiente para coger el tren.

Još bi bilo dovoljno vremena za uhvatiti vlak.

Sin embargo, mantenerse en pie no fue una tarea fácil.

Međutim, stajati uspravno nije bio nimalo lak zadatak.

En sus primeros intentos se resbaló de la caja.

U prvih nekoliko pokušaja iskliznuo je iz kutije.

La caja era demasiado lisa para que él pudiera apoyarse contra ella.

Kutija je bila preglatka da bi se mogao nasloniti na nju.

Y finalmente se dio un último empujón para ponerse de pie.

I konačno se još jednom pogurnuo da ustane.

Ya no le prestó más atención al dolor en su abdomen.

Više nije obraćao pažnju na bol u trbuhu.

No importaba cuánto dolor sintiera, él lo superaría.

Bez obzira na bol, proći će kroz to.

Se dejó caer contra el respaldo de una silla cercana.

Pustio je da padne na naslon obližnje stolice.

Y se agarró a los bordes con sus pequeñas piernas.

I držao se za rubove svojim malim nožicama.

En ese momento ya tenía más control de sí mismo.

U ovom trenutku je stekao više kontrole nad sobom.

Y su caída fue más silenciosa que la anterior.

I njegov pad bio je tiši od prethodnog.

Porque tenía que escuchar lo que decía el gerente.

Jer je morao slušati što je upravitelj rekao.

¿Entendieron algo de eso?, preguntó a los padres.

„Jeste li išta od toga razumjeli?" upitao je roditelje.

"No se burlaría de nosotros, ¿verdad?"

"Ne bi nas ismijao, zar ne?"

—¡Por Dios! —gritó la madre, ya llorando.

„Za ime Božje", pozvala je majka, već plačući.

"Puede que esté gravemente enfermo y lo estamos atormentando".

"Možda je teško bolestan i mi ga mučimo."

"¡Grete! ¡Grete!", le gritó a la hija.

„Grete! Grete!" vikala je kćeri.

"¿Mamá?" llamó la hermana desde el otro lado.

„Majko?" pozvala je sestra s druge strane.

Luego se comunicaron a través de la habitación de Gregor.

Zatim su komunicirali preko Gregorove sobe.

Gregor está muy enfermo y necesita medicamentos.

"Gregor je jako bolestan i treba mu lijek."

"Tendrás que ir al médico inmediatamente."

"Morat ćete odmah otići liječniku."

¿Escuchaste cómo habló Gregor hace un momento?

"Jesi li čuo kako je Gregor upravo govorio?"

"Esa era la voz de un animal", dijo el gerente.

„To je bio glas životinje", rekao je upravitelj.

Sus palabras eran silenciosas comparadas con los gritos de la madre.

Njegove su riječi bile tihe u usporedbi s majčinim vriskovima.

—¡Anna! ¡Anna! —llamó el padre desde la antesala.

„Anna! Anna!" otac je doviknuo kroz predsoblje.

Y aplaudió para llamar su atención.

I pljesnuo je rukama kako bi privukao njihovu pažnju.

"¡Llama a un cerrajero inmediatamente!" le ordenó a la criada.

„Odmah dovedite bravara!" naredio je sluškinji.

Las muchachas, con sus faldas, corrían por la antesala.

Djevojke, u suknjama, protrčale su kroz predsoblje.

Y sus faldas crujieron mientras corrían frente a su habitación.

I njihove su suknje šuštale dok su trčale pored njegove sobe.

"¿Cómo se vistió la hermana tan rápido?" pensó.

„Kako se sestra tako brzo obukla?" pomislio je.

La puerta se abrió de golpe, pero no se cerró de golpe.

Vrata su bila otvorena, ali nisu bila zalupljena.

Esto es común en los hogares donde ocurre una gran desgracia.

To je uobičajeno u domovima gdje se dogodi velika nesreća.

Pero todo esto había hecho que Gregor se volviera mucho más tranquilo.

Ali sve je to Gregora učinilo mnogo smirenijim.

Cuando escuchó sus propias palabras le parecieron claras.
Kad je čuo vlastite riječi, činile su mu se jasne.
De hecho, sintió que sus palabras habían sido más claras.
Zapravo je osjećao da su njegove riječi bile jasnije.
Pero los demás ya no entendían lo que decía.
Ali ostali više nisu razumjeli što govori.
Quizás ya se había acostumbrado a sus oídos.
Možda se do sada već navikao na svoje uši.
Pero al menos ahora entendían mejor su situación.
Ali barem su sada bolje razumjeli njegovu situaciju.
Se dieron cuenta de que realmente había algo mal con él.
Shvatili su da s njim stvarno nešto nije u redu.
Y ahora estaban haciendo todo lo que podían para ayudarlo.
I sada su činili sve što su mogli da mu pomognu.
Esto le dio a Gregor una sensación de confianza que le faltaba.
To je Gregoru dalo osjećaj samopouzdanja koji mu je nedostajao.
Y se sintió nuevamente mucho más seguro en la familia.
I ponovno se osjećao puno sigurnije u obitelji.
Se sintió incluido nuevamente en el círculo humano.
Osjećao se kao da je ponovno uključen u ljudski krug.
Ahora tenía que esperar que el cerrajero pudiera abrir la puerta.
Sad se morao nadati da će bravar moći otvoriti vrata.
Y esperaba que el médico pudiera realizar tales tareas.
I nadao se da liječnik može obavljati takve zadatke.
Pronto tendría que hablar más.
Uskoro će opet morati više pričati.
Su voz tendría que ser lo más clara posible.
Njegov glas je morao biti što jasniji.
Para prepararse para la reunión se aclaró la garganta.
Kako bi se pripremio za sastanak, nakašljao se.
Sin embargo, hizo todo lo posible para toser muy silenciosamente.
Međutim, trudio se kašljati samo vrlo tiho.
El ruido podría haber sonado diferente a una tos humana.

Zvuk je možda zvučao drugačije od ljudskog kašlja.

Sabía que ya no podía diferenciar esas cosas.

Znao je da više ne može razlikovati takve stvari.

En la habitación contigua reinaba un silencio absoluto.

U susjednoj sobi je postalo potpuno tiho.

Los padres probablemente estaban sentados a la mesa.

Roditelji su vjerojatno sjedili za stolom.

Quizás estaban susurrando con el gerente.

Možda su šaputali s upraviteljem.

Quizás todos estaban apoyados en la puerta y escuchando.

Možda su se svi naslonili na vrata i slušali.

Gregor empujó lentamente la silla hacia la puerta.

Gregor je polako gurnuo stolicu prema vratima.

Empujó la puerta y se mantuvo en pie.

Pritisnuo je vrata i uspravio se.

Se enteró de que las almohadillas de sus pies tenían un poco de pegamento.

Saznao je da jastučići njegovih stopala imaju malo ljepila.

Y descansó allí un momento del esfuerzo.

I ondje se na trenutak odmorio od napora.

Después de descansar lo suficiente, comenzó con la siguiente tarea.

Nakon što se dovoljno odmorio, krenuo je sa sljedećim zadatkom.

Empezó a girar la llave en la cerradura con la boca.

Počeo je okretati ključ u bravi ustima.

Desafortunadamente, parecía que no tenía dientes reales.

Nažalost, činilo se da nije imao prave zube.

¿Pero qué otra forma tenía de conseguir las llaves?

Ali koji je drugi način imao da zgrabi ključeve?

Afortunadamente para él, sus mandíbulas eran, por supuesto, muy fuertes.

Srećom po njega, njegove su čeljusti naravno bile vrlo jake.

Con la ayuda de sus mandíbulas realmente consiguió mover la llave.

Uz pomoć čeljusti je stvarno pokrenuo ključ.

No tenía ninguna duda de que él también se estaba haciendo daño.

Nije sumnjao da i sam sebi nanosi štetu.

Porque de su boca salía un líquido marrón.

Jer mu je iz usta izlazila smeđa tekućina.

El líquido marrón fluyó sobre la llave y por la puerta.

Smeđa tekućina tekla je preko ključa i niz vrata.

Pero a Gregorio no le importaba hacerse daño a sí mismo.

Ali Gregora nije bilo briga što si time šteti.

"¿Puedes oír eso?" dijo el gerente en la habitación de al lado.

„Čujete li to?" rekao je upravitelj u susjednoj sobi.

"Está girando la llave", había notado el gerente.

„Okreće ključ", primijetio je upravitelj.

Estas palabras fueron un gran estímulo para Gregor.

Ove su riječi bile velika ohrabrujuća poruka za Gregora.

Pero el padre y la madre también deberían haber gritado:

Ali i otac i majka trebali su viknuti:

«¡Bien, Gregor!», deberían haberle gritado.

„Dobro, Gregor", trebali su mu viknuti.

"Sigue adelante, sigue girando esa llave, puedes lograrlo".

"Samo naprijed, okreći taj ključ, možeš ti to."

Pero Gregor tuvo que imaginarse su emoción.

Ali umjesto toga Gregor je morao zamisliti njihovo uzbuđenje.

Apretó las mandíbulas con toda la fuerza que tenía.

Stisnuo je čeljusti svom snagom koju je imao.

Y continuó girando la llave en la cerradura.

I nastavio je okretati ključ u bravi.

Dolorosamente su cuerpo se retorció en un círculo.

Tijelo mu se bolno vrtjelo u krug.

Ahora se mantenía erguido únicamente con la boca.

Sada se držao uspravno samo ustima.

Para seguir girando la llave presionó contra la puerta.

Da bi nastavio okretati ključ, pritisnuo je vrata.

Finalmente el chasquido de la cerradura despertó de nuevo a Gregor.

Konačno je škljocanje brave ponovno probudilo Gregora.

"Así que no necesité al cerrajero", suspiró aliviado.

„Dakle, bravar mi nije trebao“, uzdahnuo je s olakšanjem.

Ahora sólo faltaba abrir la puerta que había desbloqueado.

Sad je samo trebao otvoriti vrata koja je otključao.

Y con la cabeza en el pomo abrió la puerta.

I s glavom na kvaki otvorio je vrata.

Estaba detrás de la puerta que daba a su habitación.

Bio je iza vrata koja su vodila u njegovu sobu.

Así que la puerta ya estaba abierta antes de que pudiera ser visto.

Dakle, vrata su već bila otvorena prije nego što su ga mogli vidjeti.

A continuación tuvo que maniobrar para rodear la puerta.

Zatim se morao sam provući oko samih vrata.

Este difícil movimiento también requirió mucho esfuerzo.

Ovaj težak pokret također je zahtijevao mnogo truda.

No quería caer torpemente en la habitación contigua.

Nije htio nespretno pasti u susjednu sobu.

Así que no tuvo tiempo de prestar atención a nada más.

Stoga nije imao vremena obraćati pažnju na bilo što drugo.

Pero entonces oyó al jefe de oficina exclamar en voz alta: "¡Oh!".

Ali onda je čuo glavnog službenika kako glasno izgovara "Oh!"

Sonaba como si el viento corriera a través de la casa.

Zvučalo je kao da vjetar juri kroz kuću.

Resultó que él era el que estaba más cerca de la puerta.

Slučajno je bio onaj najbliži vratima.

Y al verlo, se llevó la mano a la boca.

I sada, vidjevši ga, prislonio je ruku na usta.

Se movió lentamente hacia atrás, alejándose de Gregor.

Polako se pomaknuo unatrag, dalje od Gregora.

Pero era como si una fuerza invisible actuara sobre él.

Ali kao da je na njega djelovala nevidljiva sila.

Lo primero que hizo la madre fue mirar al padre.

Prvo što je majka učinila bilo je pogledati oca.

A pesar de la presencia del gerente, su cabello estaba despeinado.

Unatoč prisutnosti menadžera, kosa joj je bila raščupana.
Desplegó los brazos y dio dos pasos hacia adelante.
Raširila je ruke i napravila dva koraka naprijed.
Pero entonces se desplomó en medio de su falda.
Ali onda se srušila usred suknje.
Su vestido se extendió a su alrededor en el suelo.
Haljina joj se raširila oko nje po podu.
Y su cabeza desapareció sobre sus propios pechos.
I glava joj je nestala na vlastitim grudima.
El padre apretó el puño con expresión hostil.
Otac je stisnuo šaku s neprijateljskim izrazom lica.
Parecía querer que Gregor fuera empujado de nuevo a su habitación.
Činilo se kao da želi da Gregora gurnu natrag u svoju sobu.
Luego miró con incertidumbre alrededor de la sala de estar.
Zatim je nesigurno pogledao po dnevnoj sobi.
Y finalmente se cubrió los ojos entre las manos.
I na kraju je pokrio oči među rukama.
Y lloró amargamente hasta que su poderoso pecho se estremeció.
I gorko je plakao dok mu se moćna prsa nisu zatresla.
Gregor en realidad no entró en su habitación.
Gregor zapravo uopće nije ušao u njihovu sobu.
En lugar de eso, se apoyó contra el marco de la puerta.
Umjesto toga, naslonio se na okvir vrata.
Para los que estaban desde fuera solo era visible la mitad de su cuerpo.
Samo polovica njegova tijela bila je vidljiva onima vani.
Y encima de su cuerpo estaba su cabeza, inclinada hacia un lado.
A na vrhu tijela bila mu je glava, nagnuta u stranu.
Para entonces la luz se había vuelto mucho más brillante que antes.
Do sada je svjetlo postalo mnogo jače nego prije.
Ahora se podía ver claramente el otro lado de la calle.
Sada se jasno mogla vidjeti druga strana ulice.
Apareció una sección del interminable y gris hospital.

Otkrio se dio beskrajne, sive bolnice.
La lluvia de la mañana aún no había parado del todo de caer.
Jutarnja kiša još nije sasvim prestala padati.
Pero ahora las gotas de lluvia eran más grandes y estaban más separadas.
Ali sada su kapi kiše bile veće i dalje jedna od druge.
Los platos del desayuno estaban en abundancia en la mesa.
Jela za doručak bila su na stolu u izobilju.
El padre pensaba que el desayuno era la comida más importante.
Otac je smatrao doručak najvažnijim obrokom.
El desayuno era una comida que se prolongaba durante horas.
Doručak je bio obrok koji je odugovlačio satima.
Y en esas horas leía los distintos periódicos.
I u tim je satima čitao razne novine.
Justo en la pared opuesta colgaba una fotografía de Gregor.
Na suprotnom zidu visjela je Gregorova fotografija.
La fotografía en la pared lo mostraba como teniente.
Fotografija na zidu prikazivala ga je kao poručnika.
Era una fotografía de su época en el ejército.
Bila je to slika iz vremena koje je proveo u vojsci.
Su mano estaba sobre su espada y tenía una sonrisa despreocupada.
Ruka mu je bila na maču, a na licu mu se ležerno smiješio.
Su postura y su uniforme exigían cierto respeto.
Njegovo držanje i uniforma zahtijevali su određeno poštovanje.
La otra puerta que conducía a la antesala también estaba abierta.
Druga vrata koja su vodila u predsoblje također su bila otvorena.
Y la puerta del apartamento todavía estaba abierta también.
I vrata stana su još uvijek bila otvorena.
Se podía ver hasta el patio delantero del apartamento.
Moglo se vidjeti sve do prednjeg dvorišta stana.
Y luego las escaleras conducían a la calle de abajo.

A onda su stepenice vodile dolje na ulicu.

Gregor fue el único que mantuvo la compostura.

Gregor je bio jedini koji je zadržao prisebnost.

Él vio esto, por lo que la conversación era su responsabilidad.

Vidio je to, pa je razgovor bio njegova odgovornost.

"Bueno, ahora me voy a vestir para ir a trabajar", dijo.

„Pa, sad ću se obući za posao", rekao je.

"Después de haber empaquetado las muestras textiles, me iré."

"Nakon što spakiram uzorke tekstila, otići ću."

"¿Aún tiene intención de dispararme, señor Prokurist?"

"Gospodine Prokurist, još uvijek namjeravate li me otpustiti?"

"Como puedes ver, no soy tan terco como pensabas."

"Kao što vidiš, nisam tako tvrdoglav kao što si mislio."

"Y puedes ver que después de todo me gusta trabajar".

"I vidiš da ipak volim raditi."

"Puedo admitir que viajar por trabajo no es fácil".

"Mogu priznati da putovanje zbog posla nije lako."

"Pero también puedo aceptar que es parte de mi trabajo".

"Ali mogu prihvatiti i da je to dio mog posla."

"Gerente, ¿adónde va? ¿De vuelta a la oficina?"

"Menadžeru, kamo idete? Natrag u ured?"

"¿Informarás verazmente de todo lo que has visto?"

"Hoćete li istinito izvijestiti o svemu što ste vidjeli?"

"A veces sucede que uno no puede ir a trabajar."

"Ponekad se dogodi da netko ne može ići na posao."

"Este es el momento adecuado para recordar los logros pasados".

"To je pravo vrijeme da se prisjetimo prošlih postignuća."

"Después de eliminar la dificultad, uno trabaja aún mejor."

"Nakon uklanjanja teškoće, čovjek radi još bolje."

"Mi diligencia y concentración aumentarán".

"Moja marljivost i koncentracija će se povećati."

"Sabes muy bien que estoy en deuda con el jefe."

"Dobro znaš da sam dužan šefu."

"Pero también estoy preocupada por mis padres y mi hermana".
"Ali također, brinem se za svoje roditelje i sestru."
"Estoy en una situación difícil, pero encontraré la manera de salir de ella".
"U teškoj sam situaciji, ali izvući ću se iz nje."
"No hagas esto más difícil de lo que ya es."
"Nemoj ovo činiti težim nego što već jest."
"Como compañeros de trabajo también tenemos que ayudarnos unos a otros".
"Kao kolege na radu, i mi moramo pomagati jedni drugima."
"Sé que a los trabajadores de oficina no les gustan los viajeros".
"Znam da uredski radnici ne vole putnike."
"¿Crees que ganamos una fortuna y llevamos una buena vida?"
"Misliš da zarađujemo bogatstvo i vodimo dobre živote."
"No tienen ningún motivo real para considerar sus prejuicios".
"Nemaju pravog razloga da uzmu u obzir svoje predrasude."
"Pero usted, oficial autorizado, tiene un papel diferente."
"Ali vi, ovlašteni službeniče, imate drugačiju ulogu."
"Tienes una mejor visión general que el resto del personal".
"Imate bolji pregled od ostalog osoblja."
"De hecho, creo que probablemente tengas la mejor visión general".
"Zapravo mislim da možda imate najbolji pregled."
"Tienes una visión mejor que el propio jefe".
"Imaš bolji pregled od samog šefa."
"Admito que el jefe hace el trabajo empresarial".
"Priznajem da šef obavlja poduzetnički posao."
"Pero es fácil que sus juicios sean erróneos."
"Ali lako je da njegovi sudovi budu pogrešni."
"Y estos pequeños errores de juicio pueden ser en nuestro detrimento".
"I te male pogrešne procjene mogu nam biti na štetu."
"Ya sabes lo fácil que es hablar del viajero."

"Znaš kako je lako govoriti o putniku."
Él no está allí para defender su reputación de los chismes".
"On nije tamo da brani svoj ugled od tračeva."
"Esas acusaciones pueden fácilmente ser meras coincidencias".
"Ove optužbe lako mogu biti samo slučajnosti."
"Muchas quejas ni siquiera tienen su base en ninguna verdad."
"Mnoge pritužbe nisu ni utemeljene na istinama."
"Está fuera de la oficina casi todo el año."
"Gotovo cijelu godinu nije u uredu."
¿Qué posibilidades tiene de defender su propia reputación?
"Kakve šanse ima obraniti vlastiti ugled?"
"Ni siquiera se entera de las acusaciones".
"On čak ni ne čuje za optužbe."
"Se entera de lo que se ha dicho cuando ya es demasiado tarde."
"On saznaje što je rečeno kad je prekasno."
A estas alturas ya está exhausto por el viaje del día.
"Do tada je već iscrpljen od cjelodnevnog putovanja."
"De todos modos, tendrá que experimentar las terribles consecuencias".
"Ionako mora iskusiti strašne posljedice."
"Aunque no tiene forma de entender el problema."
"Iako nema načina da shvati problem."
"Oh, gerente, no se vaya sin decirme una palabra".
"O, menadžere, nemoj otići bez da mi kažeš ijednu riječ."
"Al menos dime que estás de acuerdo conmigo en parte."
"Barem mi reci da se djelomično slažeš sa mnom."
Pero el manager se había alejado de Gregor mucho antes.
Ali menadžer se mnogo ranije okrenuo od Gregora.
Su hombro se contrajo cuando volvió a mirar a Gregor.
Rame mu se trznulo kad je ponovno pogledao Gregora.
Y no se quedó quieto ni un solo momento durante su discurso.
I nijednom nije stajao mirno tijekom govora.
Él había mirado a Gregor con los labios fruncidos.

Gledao je Gregora stisnutih usana.
Se había ido retirando gradualmente hacia la puerta.
Polako se povlačio prema vratima.
Pero tampoco podía apartar la mirada de Gregor.
Ali ni on nije mogao skinuti pogled s Gregora.
Sintió como si hubiera una prohibición secreta de salir de la habitación.
Osjećao se kao da postoji tajna zabrana izlaska iz sobe.
Pero a estas alturas ya estaba en el vestíbulo de entrada.
Ali u ovoj fazi već je bio u ulaznom hodniku.
Y ahora hizo un movimiento repentino hacia la salida.
I sada je napravio nagli pokret prema izlazu.
Extendió su mano derecha hacia las escaleras.
Ispružio je desnu ruku prema stepenicama.
Quizás una fuerza sobrenatural estaba esperando para salvarlo.
Možda ga je neka nadnaravna sila čekala da ga spasi.
Gregor sabía que no podía permitir que se fuera así.
Gregor je znao da mu ne može dopustiti da ovako ode.
El gerente no debe regresar con el mismo humor en el que estaba.
Upravitelj se ne smije vratiti u raspoloženju u kakvom je bio.
La seguridad del trabajo de Gregor estaba en grave peligro.
Sigurnost Gregorovog posla bila je uvelike ugrožena.
Los padres no podían comprender plenamente todo esto.
Roditelji nisu mogli u potpunosti razumjeti sve to.
Con los años se habían acostumbrado a su seguridad laboral.
Tijekom godina navikli su se na sigurnost njegovog posla.
Y se convencieron de que tenía el trabajo de por vida.
I bili su uvjereni da ima posao doživotno.
En lugar de eso, se habían ocupado de otras preocupaciones.
Umjesto toga, bili su zaokupljeni drugim brigama.
Pero estas preocupaciones les hicieron perder toda previsión.
Ali te brige su ih dovele do toga da izgube svaku predviđanje.
Gregor, sin embargo, no había perdido la previsión paterna.
Gregor, međutim, nije izgubio roditeljsku predviđanje.
Alguien tenía que detener al representante autorizado.

Netko je morao zaustaviti ovlaštenog predstavnika.
Iba a tener que calmarlo y convencerlo.
Morat će ga smiriti i uvjeriti.
¡El futuro de Gregor y su familia dependía de ello!
Budućnost Gregora i njegove obitelji ovisila je o tome!
Ojalá la inteligente hermana hubiera estado allí para ayudar.
Kad bi samo inteligentna sestra bila tu da pomogne.
Ella ya había llorado cuando Gregor todavía estaba en su habitación.
Već je plakala dok je Gregor još bio u svojoj sobi.
En ese momento él simplemente yacía tranquilamente boca arriba.
U tom trenutku samo je mirno ležao na leđima.
Ella ya sabía entonces la importancia de la situación.
Već je tada znala važnost situacije.
El gerente tenía una debilidad bien conocida por las mujeres.
Menadžer je imao dobro poznatu slabost prema ženama.
Ella fácilmente podría haberlo persuadido para que se quedara más tiempo.
Lako ga je mogla nagovoriti da ostane dulje.
Ella habría cerrado la puerta y lo habría guiado adentro.
Zatvorila bi vrata i uvela ga natrag unutra.
Pero desafortunadamente la hermana había ido a buscar un médico.
Ali nažalost, sestra je otišla po liječnika.
Así que Gregor no tuvo más remedio que hacerlo él mismo.
Stoga Gregor nije imao drugog izbora nego to učiniti sam.
No había considerado cuáles eran realmente sus habilidades.
Nije razmišljao o tome kakve su mu zapravo sposobnosti.
Y se había olvidado de desconfiar de su capacidad de hablar.
I zaboravio je sumnjati u svoju sposobnost govora.
Pero aún así, abandonó la seguridad de su habitación.
Ali ipak, napustio je sigurnost svoje sobe.
Y se abrió paso a través de la abertura de la habitación.
I progurao se kroz otvor sobe.
El gerente ya estaba bajando las escaleras.

Upravitelj je već silazio niz stepenice.
Pero él se agarraba a la barandilla con ambas manos.
Ali se objema rukama držao za ogradu.
Gregor se cayó mientras intentaba atravesar la puerta.
Gregor je pao dok se gurao kroz vrata.
Dejó escapar un pequeño grito mientras trataba de agarrar algo para apoyarse.
Ispustio je tihi krik dok se hvatao za oslonac.
Pero en lugar de pánico, sintió un bienestar físico.
Ali umjesto panike, osjećao je fizičko blagostanje.
Por primera vez esa mañana algo se sintió bien.
Prvi put tog jutra nešto se činilo ispravnim.
Todas sus piernas ahora tenían tierra sólida debajo de ellas.
Sve njegove noge sada su imale čvrsto tlo pod sobom.
Se sorprendió de lo bien que podía controlar sus piernas.
Bio je iznenađen koliko dobro može kontrolirati noge.
Se alegró de notar que sus piernas le obedecían completamente.
Bio je sretan kad je primijetio da ga noge potpuno slušaju.
De hecho, sus piernas lo llevaban a donde quería.
Zapravo, noge su ga nosile kamo god je htio.
Pronto todas sus penas estaban destinadas a llegar a su fin.
Uskoro je svim njegovim tugama došao kraj.
Pero en ese mismo momento su propia madre saltó.
Ali u istom trenutku njegova vlastita majka skočila je.
Sus brazos estaban extendidos y sus dedos separados.
Ruke su joj bile ispružene, a prsti rašireni.
Y ella gritó: "¡Socorro! ¡Por el amor de Dios, que alguien ayude!"
I vrisnula je: "Upomoć, za ime Božje, neka mi netko pomogne!"
Ella inclinó la cabeza; quería ver mejor a Gregor.
Nagnula je glavu; htjela je bolje vidjeti Gregora.
Pero en contraposición a la primera acción, ella corrió hacia atrás.
Ali kao posljedica prve akcije, potrčala je natrag.
Se había olvidado que la mesa estaba puesta detrás de ella.
Zaboravila je da je stol postavljen iza nje.

Todos los elementos para el desayuno todavía estaban en la mesa.

Sve stvari za doručak još su bile na stolu.

Se sentó apresuradamente en la mesa, como distraída.

Brzo je sjela na stol, kao da je rastresena.

Y ella no pareció darse cuenta del café derramado.

I činilo se da nije primijetila prolivenu kavu.

El café que ahora estaba empapando la alfombra.

Kava koja je sada upijala tepih.

—Mamá, madre —dijo Gregor suavemente, mirándola.

„Mama, mama", reče Gregor tiho, pogledavši je.

Por el momento el manager no era importante para él.

Za sada mu menadžer nije bio važan.

Pero también estaba el café goteando sobre la alfombra.

Ali i kava je kapala na tepih.

Gregor no pudo resistirse a chasquear las mandíbulas al tomar el café.

Gregor nije mogao odoljeti da ne škljoca čeljustima prema kavom.

La madre comenzó a llorar nuevamente por su comportamiento.

Majka je ponovno počela plakati zbog njegovog ponašanja.

Ella saltó de la mesa para distanciarse de él.

Skočila je sa stola kako bi se distancirala od njega.

Y ella corrió a los brazos del padre, buscando seguridad.

I potrčala je u zagrljaj oca, tražeći sigurnost.

Pero Gregor ya no tenía tiempo que perder con sus padres.

Ali Gregor sada nije imao vremena za roditelje.

El oficial autorizado ya estaba en las escaleras.

Ovlašteni službenik već je bio na stubama.

Apoyó la barbilla en la barandilla para mirar dentro de la casa.

Naslonio je bradu na ogradu kako bi mogao vidjeti u kuću.

Al parecer quería echar un último vistazo al espectáculo.

Očito je želio još jednom pogledati taj spektakl.

Y Gregor hizo un último esfuerzo para llegar hasta el gerente.

I Gregor je učinio posljednji pokušaj da dođe do upravitelja.
Corrió hacia la puerta tan seguro como pudo.
Potrčao je prema vratima što je sigurnije mogao.
Pero el jefe de oficina debía de sospechar algo.
Ali glavni službenik je morao nešto posumnjati.
Porque saltó varios escalones y desapareció.
Jer je skočio niz nekoliko stepenica i nestao.
—¡Huh! —gritó Gregor, resonando en la escalera.
„Huh!" viknuo je Gregor, odjekujući kroz stubište.
La fuga del gerente también pareció confundir a su padre.
Upraviteljev bijeg kao da je zbunio i njegovog oca.
Hasta entonces había conseguido mantener la compostura.
Do tada je uspio ostati prilično smiren.
Pero desgraciadamente él también perdió la compostura que había tenido.
Ali nažalost, i on je izgubio prisebnost koju je imao.
Lo que debería haber hecho es ayudar a Gregor en su persecución.
Ono što je trebao učiniti jest pomoći Gregoru u njegovoj potjeri.
Pero con una mano agarró el bastón del gerente.
Ali, zgrabio je upraviteljev štap za hodanje jednom rukom.
Y en la otra mano sostenía ahora un periódico.
A u drugoj ruci sada je držao novine.
Y ahora estorbó directamente a Gregor en su persecución.
I sada je izravno ometao Gregora u njegovoj potjeri.
Se había colocado entre Gregor y la calle.
Postavio se između Gregora i ulice.
Golpeó el suelo con los pies y agitó el palo y el periódico.
Lupao je nogama i mahao štapom i novinama.
Y él estaba forzando activamente a Gregor a regresar a su habitación.
I aktivno je prisiljavao Gregora natrag u svoju sobu.
Ninguna de las peticiones que Gregor intentó hacer sirvió de algo.
Nijedan od zahtjeva koje je Gregor pokušao uputiti nije pomogao.

Porque ninguna de las peticiones que hizo fue entendida.
Jer nijedan od njegovih zahtjeva nije bio shvaćen.
Giró la cabeza hacia un ángulo más profundo y humilde.
Okrenuo je glavu pod dubljim, skromnijim kutom.
Pero su padre respondió golpeando el suelo con más fuerza.
Ali njegov otac je odgovorio još jače lupajući nogama.
La madre abrió una ventana, a pesar del clima frío.
Majka je otvorila prozor, unatoč hladnom vremenu.
Y apretó su cara entre sus manos en el frío.
I pritisnula je lice u ruke na hladnoći.
El viento ahora podría pasar por todo el apartamento.
Vjetar je sada mogao proći kroz cijeli stan.
**Una fuerte corriente de aire soplaba desde la escalera hacia
el callejón.**
Jak propuh puhao je sa stubišta prema uličici.
Las cortinas se agitaban a causa del fuerte viento.
Zavjese su lepršale od jakog vjetra.
Y el periódico sobre la mesa crujió con el viento.
I novine na stolu šuštale su na vjetru.
**Incluso algunas hojas fueron arrastradas hasta el interior de
la casa desde el exterior.**
Čak je i nešto lišća upalo u kuću izvana.
El padre pateaba y empujaba sin descanso.
Otac je lupao nogama i neumoljivo gurao.
Y silbaba y hacía ruidos como lo haría un hombre salvaje.
I siktao je i ispuštao zvukove poput divljaka.
Pero Gregor aún no había practicado el caminar hacia atrás.
Ali Gregor još nije vježbao hodanje unatrag.
**Incluso Gregor admitiría que este movimiento era mucho
más lento.**
Čak bi i Gregor priznao da je ovaj pokret bio mnogo sporiji.
**Pero lo único que quería era la oportunidad de cambiar las
cosas.**
Sve što je želio bila je prilika da se okrene.
Entonces se habría ido directamente a su habitación.
Onda bi odmah otišao u svoju sobu.
Pero tenía demasiado miedo de impacientar a su padre.

Ali previše se bojao da će oca učiniti nestrpljivim.
Y allí estaba la amenaza de un golpe con el palo.
I postojala je prijetnja udarcem štapom.
Un golpe así en la parte posterior de la cabeza podría ser fatal.
Takav udarac u potiljak mogao bi biti fatalan.
Pero al final Gregor no tuvo otra opción.
Ali na kraju Gregor nije imao drugog izbora.
Se dio cuenta de que ni siquiera podía caminar hacia atrás en línea recta.
Shvatio je da ne može ni hodati ravno unatrag.
Empezó a girar tan rápido como pudo.
Počeo se okretati što je brže mogao.
Pero en realidad este movimiento giratorio era igualmente lento.
Ali u stvarnosti je ovo okretanje bilo jednako sporo.
Y le siguieron las miradas ansiosas del padre.
I pratili su ga očevi zabrinuti pogledi.
Quizás el padre notó las buenas intenciones de Gregor.
Možda je otac primijetio Gregorove dobre namjere.
Porque no le impidió darse la vuelta.
Jer ga nije ometao da se okrene.
Incluso utilizó la punta de su bastón para guiar la rotación.
Čak je koristio vrh štapa kako bi vodio rotaciju.
¡Pero Gregor aún deseaba que su padre no le hubiera silbado!
Ali Gregor je ipak želio da otac nije siktao na njega!
El silbido sólo aumentó la confusión del momento.
Šištanje je samo doprinijelo zbunjenosti trenutka.
Y luego cometió un error y giró en la dirección equivocada.
A onda je napravio grešku i skrenuo u krivom smjeru.
Al final logró encarar el camino correcto.
Na kraju se ipak uspio okrenuti u pravom smjeru.
Y estaba satisfecho con el progreso que había logrado.
I bio je zadovoljan napretkom koji je postigao.
Pero entonces el siguiente problema se hizo aún más evidente.

Ali onda je sljedeći problem postao još očitiji.
Su cuerpo era demasiado ancho para pasar fácilmente por la puerta.
Tijelo mu je bilo preširoko da bi lako prošlo kroz vrata.
En su estado actual el padre no se dio cuenta de esto.
U svom trenutnom stanju otac to nije primijetio.
Así que no se le ocurrió abrir más la puerta.
Stoga mu nije palo na pamet da dalje otvori vrata.
Entonces habría habido suficiente espacio para Gregor.
Tada bi bilo dovoljno mjesta za Gregora.
Su única prioridad era conseguir que Gregor entrara a su habitación.
Njegov jedini prioritet bio je dovesti Gregora u svoju sobu.
Habría tenido que ponerse de pie para poder pasar por la puerta.
Morao bi ustati da bi prošao kroz vrata.
Pero el padre no hubiera permitido tal maniobra.
Ali otac ne bi dopustio takav manevar.
De hecho, le estaba siseando aún más salvajemente que antes.
Zapravo je siktao na njega još divlje nego prije.
Sonaba como si más de un hombre le estuviera silbando.
Zvučalo je kao da mu sikće više od samo jednog čovjeka.
Sus demandas parecían tener una nueva urgencia detrás.
Činilo se da njegovi zahtjevi imaju novu hitnost iza sebe.
Realmente ya no había más tiempo para perder el tiempo.
Sada stvarno više nije bilo vremena za zezanje.
Pasara lo que pasara, Gregor tenía que atravesar la puerta.
Što god se dogodilo, Gregor je morao proći kroz vrata.
Se abrió paso sin ningún respeto por sí mismo.
Progurao se bez imalo samoobzira.
Un lado de su cuerpo fue empujado hacia arriba por el movimiento.
Jedna strana njegovog tijela bila je prisiljena prema gore zbog pokreta.
Y él yacía torpe y torcido en el umbral de la puerta.
I ležao je nespretno i nakrivljeno između vrata.

Uno de sus flancos quedó en carne viva rozando la madera.
Jedan mu je bok bio grubo ogreban o drvo.
Y había dejado feas manchas en la puerta pintada de blanco.
I ostavio je ružne mrlje na bijelo obojenim vratima.
Las piernas de uno de sus costados colgaban temblando en el aire.
Noge na jednoj od njegovih strana drhtavo su visjele u zraku.
Sus otras piernas estaban presionadas dolorosamente contra el suelo.
Druge su mu noge bile bolno pritisnute o pod.
Pronto se quedaría atrapado completamente entre las puertas.
Uskoro će se potpuno zaglaviti između vrata.
Y entonces no habría podido moverse en absoluto.
I onda se uopće ne bi mogao pomaknuti.
Pero el padre le dio un fuerte empujón realmente liberador.
Ali otac mu je dao uistinu oslobađajući snažan poticaj.
Y cayó, sangrando profusamente, hasta el fondo de su habitación.
I pao je, jako krvareći, daleko u svoju sobu.
El padre cerró la puerta tras de sí con su bastón.
Otac je zalupio vrata za sobom štapom.
Y finalmente hubo algo de paz y tranquilidad nuevamente.
I onda je konačno opet zavladao mir i tišina.

Segunda parte
Drugi dio

Gregor no se despertó hasta mucho más tarde ese mismo día.
Gregor se nije probudio sve do mnogo kasnije tijekom dana.
Había anochecido; había dormido profundamente e inconscientemente.
Pao je sumrak; spavao je teško i nesvjesno.
Se habría despertado incluso sin que nadie lo hubiera molestado.
Probudio bi se čak i bez da ga itko uznemirava.
Porque se sentía suficientemente descansado y bien dormido.
Jer se osjećao dovoljno odmornim i dobro naspavanim.
Pero le pareció oír unos pasos fugaces afuera.
Ali mislio je da vani čuje neke kratke korake.
Y alguien podría haber cerrado cuidadosamente la puerta principal.
I netko je možda pažljivo zatvorio ulazna vrata.
La luz del tranvía eléctrico se reflejaba pálidamente en el techo.
Svjetlost električnog tramvaja blijedo je ležala na stropu.
La parte superior del mueble también recibió un poco de luz.
Vrh namještaja također je dobio malo svjetla.
Pero allá abajo, a la altura de Gregor, estaba oscuro.
Ali dolje na tlu, na Gregorovoj razini, bilo je mračno.
Sus piernas lo empujaron lentamente hacia la puerta nuevamente.
Noge su ga polako ponovno gurale prema vratima.
Tenía mucha curiosidad por ver qué había sucedido allí.
Bio je jako znatiželjan vidjeti što se tamo dogodilo.
Pero su control de sus sensores aún no estaba desarrollado.
Ali njegova kontrola nad osjetilima još nije bila razvijena.
Aunque empezó a apreciar estos nuevos sensores.
Iako je počeo cijeniti ove nove senzore.

Una cicatriz larga y desagradable parecía recorrer su costado izquierdo.
Dugačak, neugodan ožiljak kao da se protezao niz njegovu lijevu stranu.
La cicatriz parecía como si apretara ese lado de su cuerpo.
Ožiljak kao da mu je stezao tu stranu tijela.
Y entonces tuvo que cojear literalmente sobre sus dos filas de piernas.
I tako je doslovno morao šepati na svoja dva reda nogu.
Esa mañana una de sus piernas resultó gravemente herida.
Tog jutra mu je bila teško ozlijeđena jedna noga.
Realmente fue un milagro que no se hubiera roto más piernas.
Pravo je čudo što nije slomio još nekoliko nogu.
Y así arrastró sin vida su pierna herida.
I tako je beživotno vukao ozlijeđenu nogu za sobom.
Cuando llegó a la puerta se dio cuenta de algo profundo.
Kad je stigao do vrata, shvatio je nešto dubokoumno.
Fue el olor de algo lo que lo atrajo hasta allí.
Bio je to miris nečega što ga je namamilo tamo.
A Gregor le habían dejado algo comestible en su habitación.
Nešto jestivo bilo je ostavljeno za Gregora u njegovoj sobi.
Trozos de pan blanco flotando en un cuenco de leche dulce.
Komadići bijelog kruha plutaju u zdjeli slatkog mlijeka.
Apenas podía contener la alegría que había dentro de él.
Jedva je mogao obuzdati radost koja je tinjala u njemu.
Ahora tenía incluso más hambre que por la mañana.
Sada je bio još gladniji nego ujutro.
Inmediatamente sumergió su cabeza en el cuenco de leche.
Odmah je zaronio glavu u zdjelu s mlijekom.
La leche le salía casi por toda la cabeza, hasta los ojos.
Mlijeko mu je izronilo gotovo cijelom glavom, sve do očiju.
Pero pronto echó la cabeza hacia atrás, amargamente decepcionado.
Ali ubrzo je zabacio glavu, gorko razočaran.
Comer era difícil debido a su delicado lado izquierdo.
Jesti je bilo teško zbog njegove osjetljive lijeve strane.

Y sólo podía comer jadeando con todo su cuerpo.
I mogao je jesti samo dahćući svim tijelom.
Pero esa no fue la verdadera razón de su decepción.
Ali to nije bio pravi razlog njegovog razočaranja.
La leche siempre había sido uno de sus platos favoritos.
Mlijeko je oduvijek bilo jedno od njegovih omiljenih jela.
No tenía ninguna duda de que su hermana recordaba esto.
Nije sumnjao da se njegova sestra toga sjetila.
Y esa fue la razón por la que le había dado leche.
I to je bio razlog zašto mu je dala mlijeko.
No podía explicar por qué ahora no le gustaba la leche.
Nije mogao objasniti zašto sada ne voli mlijeko.
Y se apartó del cuenco casi con reticencia.
I okrenuo se od zdjele gotovo s nevoljkošću.
Decepcionado, se arrastró de nuevo hasta el centro de la habitación.
Razočaran, otpuzao je natrag do sredine sobe.
Desde allí pudo ver a través de la rendija de la puerta.
Ovdje je mogao vidjeti kroz pukotinu na vratima.
Pudo ver que el fuego en la sala de estar estaba encendido.
Mogao je vidjeti da je vatra u dnevnoj sobi bila upaljena.
Generalmente a esta hora el padre leía el periódico.
Obično je u to vrijeme otac čitao novine.
Él siempre solía leerle a la madre en voz alta.
Uvijek je čitao majci povišenim glasom.
A veces la hermana también escuchaba al padre.
Ponekad je i sestra prisluškivala oca.
Ella siempre le había contado a Gregor sobre esta lectura en voz alta.
Uvijek je Gregoru pričala o ovom čitanju naglas.
Pero hoy no se oía ningún sonido en la habitación.
Ali danas iz sobe nije dopirao nikakav zvuk.
Quizás este hábito ya había caído en desuso.
Možda je ta navika već izašla iz prakse.
Un profundo silencio se había apoderado de todo el apartamento.
Duboka tišina zavladala je cijelim stanom.

Aunque sabía que el apartamento ciertamente no estaba vacío.

Iako je znao da stan sigurno nije prazan.

«¡Qué vida tan tranquila lleva la familia!», pensó Gregor.

„Kakav miran život vodi obitelj", pomislio je Gregor.

Y miró hacia la oscuridad con gran orgullo.

I zurio je u tamu s velikim ponosom.

Estaba orgulloso de la vida que había podido darles.

Bio je ponosan na život koji im je mogao pružiti.

Estaba orgulloso del hermoso apartamento en el que vivían.

Bio je ponosan na prekrasan stan u kojem su živjeli.

¿Pero toda esta paz estaba a punto de tener un final terrible?

Ali je li sav taj mir trebao doći do strašnog kraja?

¿Les iban a quitar su prosperidad?

Hoće li im se oduzeti blagostanje?

¿Su satisfacción ahora era incierta en el futuro?

Je li njihovo zadovoljstvo u budućnosti sada bilo neizvjesno?

Pero él no quería perderse en tales pensamientos.

Ali nije se htio izgubiti u takvim mislima.

Para mantenerse ocupado se arrastraba arriba y abajo por las paredes.

Da bi se nečim zaokupio, puzao je gore-dolje po zidovima.

Durante la larga velada una puerta estaba entreabierta.

Tijekom duge večeri jedna su vrata bila lagano otvorena.

Y en otro momento la otra puerta se abrió un poquito.

I u drugom trenutku druga vrata su se malo otvorila.

Pero en ambas ocasiones las puertas se cerraron rápidamente de nuevo.

Ali oba puta vrata su se brzo ponovno zatvorila.

Estaba claro que alguien de fuera tenía el deseo de entrar.

Očito je netko izvana imao želju ući.

Pero también tenían demasiadas preocupaciones acerca de venir.

Ali imali su i previše briga oko dolaska.

Gregor ahora se detuvo directamente en la puerta de la sala de estar.

Gregor se sada zaustavio ravno na vratima dnevne sobe.

Estaba decidido a tentar de algún modo al indeciso visitante.
Bio je odlučan nekako privući oklijevajućeg posjetitelja.
Y también quería saber quién había sido el visitante.
A također je htio znati tko je bio posjetitelj.
Pero aquella noche la puerta no se abrió una tercera vez.
Ali te večeri vrata se nisu otvorila treći put.
Y Gregorio esperaba en vano junto a la puerta.
I Gregor je uzalud provodio vrijeme čekajući kraj vrata.
Más temprano ese día todos querían entrar a la habitación.
Ranije tog dana svi su htjeli ući u sobu.
Ahora que las puertas estaban desbloqueadas sería más fácil para ellos.
Sad kad su vrata bila otključana, bit će im lakše.
Pero ellos prefirieron quedarse al otro lado de la habitación.
Ali odlučili su ostati na drugoj strani sobe.
Gregor se dio cuenta de que las llaves ya no estaban en sus cerraduras.
Gregor je primijetio da ključevi više nisu u njihovim bravama.
Alguien debe haber movido las llaves a la cerradura exterior.
Netko je vjerojatno premjestio ključeve na vanjsku bravu.
Sólo tarde por la noche se apagó la luz de la sala de estar.
Tek kasno navečer ugašeno je svjetlo u dnevnoj sobi.
La familia debe haber permanecido despierta todo el tiempo.
Obitelj je vjerojatno cijelo vrijeme ostala budna.
Y Gregor podía oírlos claramente alejándose de puntillas.
I Gregor ih je jasno čuo kako se udaljavaju na prstima.
Ahora nadie vendría a ver a Gregor hasta la mañana.
Sada nitko neće doći Gregoru do jutra.
Así que tuvo mucho tiempo para sí mismo, para pensar sin interrupciones.
Tako je imao puno vremena za sebe, da nesmetano razmišlja.
¿Cuál sería la mejor manera de reorganizar su vida ahora?
Koji bi bio najbolji način da mu se sada reorganizira život?
Pero las altas paredes de la habitación vacía lo asustaban.
Ali visoki zidovi prazne sobe su ga plašili.
No le quedó más remedio que tumbarse en el suelo.
Nije imao drugog izbora nego se spustiti na tlo.

Y nunca encontró la causa de su miedo en ese espacio.

I nikada nije pronašao uzrok svog straha u tom prostoru.

Era la misma habitación en la que había vivido durante cinco años.

Bila je to ista soba u kojoj je živio pet godina.

Medio inconscientemente hizo un movimiento hacia el sofá.

Polusvjesno je napravio pokret prema sofi.

Y sin ninguna vergüenza se escondió debajo del sofá.

I bez imalo srama sakrio se pod sofu.

Allí abajo se sintió inmediatamente de nuevo muy a gusto.

Tamo dolje se odmah opet osjećao vrlo ugodno.

A pesar de que tenía la espalda un poco presionada.

Unatoč činjenici da su mu leđa bila malo pritisnuta.

Ya no podía levantar la cabeza debajo del sofá.

Više nije mogao ni podići glavu ispod sofe.

Pero incluso esto lo prefería a estar en cualquier espacio abierto.

Ali čak je i to više volio nego biti na bilo kojem otvorenom prostoru.

Sin embargo, lamentó que su cuerpo fuera tan ancho.

Međutim, požalio je što mu je tijelo bilo tako široko.

El sofá no podía cubrir completamente todo su cuerpo.

Sofa nije mogla u potpunosti prekriti cijelo njegovo tijelo.

Se quedó debajo del sofá toda la noche.

Ostao je ispod sofe cijelu noć.

La noche la pasó medio dormido, perturbado por el hambre.

Noć je proveo poluspavajući, uznemiren gladi.

Y el tiempo que estaba despierto lo pasaba preocupado o esperanzado.

A vrijeme budnosti provodio je ili brinući se ili nadajući se.

Pero todas sus vagas esperanzas llevaron a la misma conclusión.

Ali sve njegove nejasne nade vodile su istom zaključku.

No tuvo más remedio que permanecer en silencio por el momento.

Nije imao drugog izbora nego da za trenutak šuti.

Tuvo que mostrar paciencia y consideración hacia la familia.

Morao je pokazati strpljenje i obzir prema obitelji.

Era la única manera de hacer soportable el inconveniente.

To je bio jedini način da se neugodnost učini podnošljivom.

Los inconvenientes que ahora estaba causando a la familia.

Neugodnost koju je sada nametao obitelji.

No tuvo que esperar mucho para demostrar su compasión.

Nije morao dugo čekati da dokaže svoje suosjećanje.

Temprano por la mañana la hermana miró dentro de su habitación.

Rano ujutro sestra je pogledala u njegovu sobu.

Aunque en realidad era tan de noche como de mañana.

Iako je zapravo bila jednako noć koliko i jutro.

Ella estaba completamente vestida y parecía mostrar entusiasmo.

Bila je potpuno odjevena i činilo se da pokazuje uzbuđenje.

La fuerza de su nueva decisión podría ser puesta a prueba.

Snaga njegove novodonesene odluke mogla bi biti testirana.

Ella no lo encontró inmediatamente con su primera mirada.

Nije ga odmah pronašla na prvi pogled.

Tenía que estar en algún lugar, no podía haber volado.

Morao je negdje biti; nije mogao odletjeti.

Pero entonces sus ojos hicieron un segundo recorrido por la habitación.

Ali tada je njezin pogled još jednom prešao preko sobe.

Y esta vez vio su torso debajo del sofá.

I ovaj put je uočila njegov torzo ispod sofe.

Estaba tan asustada que perdió todo el control de sí misma.

Bila je toliko uplašena da je izgubila svaku samokontrolu.

Y su primera reacción fue cerrar la puerta de golpe.

I njezina prva reakcija bila je da ponovno zalupi vrata.

Pero también pareció arrepentirse inmediatamente de su comportamiento.

Ali činilo se da je odmah požalila zbog svog ponašanja.

Tan pronto como cerró la puerta de golpe, la abrió de nuevo.

Čim je zalupila vratima, ponovno ih je otvorila.

Y esta vez entró de puntillas en la habitación con cuidado.

I ovaj put se nježno na prstima ušuljala u sobu.

Se movía como si estuviera visitando a una persona gravemente enferma.

Kretala se kao da posjećuje teško bolesnu osobu.

O tal vez estaba visitando a un completo desconocido.

Ili je možda bila u posjeti potpunom strancu.

Gregor empujó su cabeza casi hasta el borde del sofá.

Gregor je gurnuo glavu gotovo do ruba sofe.

Y desde debajo de la caja fuerte la observaba en la habitación.

I ispod sefa ju je promatrao u sobi.

¿Se daría cuenta de que había dejado la leche?

Hoće li primijetiti da je ostavio mlijeko?

No había dejado la leche por falta de hambre.

Nije ostavio mlijeko zato što nije bio gladan.

¿En lugar de eso le traería comida diferente?

Hoće li mu umjesto toga donijeti drugačiju hranu?

Quizás un plato que se ajustara mejor a sus preferencias.

Možda jelo koje je bolje odgovaralo njegovim preferencijama.

Pero ella misma habría tenido que notar su apetito.

Ali morala je sama primijetiti njegov apetit.

Preferiría morir de hambre antes que hacerle saber eso.

Radije bi umro od gladi nego da joj to pokaže.

En realidad le habría gustado mucho decírselo.

Zapravo bi joj to jako volio reći.

Estuvo realmente tentado de disparar desde debajo del sofá.

Bio je u stvarnom iskušenju da puca ispod sofe.

Quería arrojarse a los pies de su hermana.

Htio se baciti sestri pred noge.

Y quiso pedirle algo bueno para comer.

I htio ju je zamoliti za nešto dobro za jelo.

Pero entonces la hermana miró hacia el cuenco de leche.

Ali tada je sestra pogledala prema zdjeli mlijeka.

Inmediatamente se dio cuenta de que el cuenco todavía estaba lleno.

Odmah je primijetila da je zdjela još uvijek puna.

Le sorprendió bastante que Gregor no hubiera comido nada.

Bila je prilično iznenađena što Gregor nije ništa jeo.

Sólo se había derramado un poco de leche en el suelo.
Samo malo mlijeka bilo je proliveno po podu.
Inmediatamente cogió el cuenco y lo sacó.
Odmah je uzela zdjelu i iznijela je.
Él vio que ella no recogió el cuenco con sus propias manos.
Vidio je da nije podigla zdjelu golim rukama.
En lugar de eso, recogió el cuenco con uno de los trapos.
Umjesto toga, podigla je zdjelu koristeći jednu od krpa.
Pero Gregor se olvidó muy rápidamente de este pequeño detalle.
Ali Gregor je vrlo brzo zaboravio na taj manji detalj.
Ahora estaba mucho más entusiasmado por otra cosa.
Sada je bio puno više uzbuđen zbog nečeg drugog.
¿Qué podría traer como reemplazo de la leche?
Što bi mogla donijeti kao zamjenu za mlijeko?
Tenía varios pensamientos sobre lo que ella podría traer.
Imao je razne misli o tome što bi ona mogla donijeti.
Pero la bondad de su hermana superó sus expectativas.
Ali sestrina ljubaznost nadmašila je njegova očekivanja.
Se dio cuenta de que tenía que probar cuáles eran sus nuevos gustos.
Shvatila je da mora isprobati kakav mu je novi ukus.
Así que trajo toda una selección de alimentos diferentes.
Tako je donijela cijeli izbor različite hrane.
Verduras medio podridas, huesos de la cena.
Polutrulo povrće, kosti od večere.
Salsa solidificada de la otra comida que habían comido.
Stvrdnuti umak od prethodnog obroka koji su pojeli.
Unas pasas, unas almendras, pan seco, pan con mantequilla.
Nekoliko grožđica, malo badema, suhi kruh, kruh s maslacem.
Un poco de pan untado con mantequilla y también con sal.
Malo kruha koji je bio namazan maslacem i također posoljen.
Queso que Gregor había declarado incomestible hacía dos días.
Sir koji je Gregor prije dva dana proglasio nejestivim.
Toda esta selección de comida fue colocada en un periódico.
Sav ovaj izbor hrane bio je stavljen na novine.

Y también colocó un recipiente con agua al lado de sus comidas.

I stavila je zdjelu s vodom pokraj njegovih obroka.

Ella sabía que Gregor no habría comido delante de ella.

Znala je da Gregor ne bi jeo pred njom.

Entonces, por respeto hacia él, salió nuevamente de la habitación.

Stoga je iz poštovanja prema njemu ponovno napustila sobu.

Y hasta giró la llave en la cerradura al salir.

I čak je okrenula ključ u bravi dok je odlazila.

Pero ella giró la llave muy silenciosamente y con mucho cuidado.

Ali je okrenula ključ vrlo tiho i pažljivo.

De esta manera sólo Gregor sabría que la puerta estaba cerrada.

Na ovaj način samo bi Gregor znao da su vrata zaključana.

Ahora podía ponerse tan cómodo como quisiera.

Sada se mogao udobno smjestiti koliko je želio.

Las piernas de Gregor zumbaban cuando llegó la hora de comer.

Gregorove su noge zujale kad je došlo vrijeme za jelo.

Lo que vale la pena destacar es que ya no sentía ninguna molestia.

Vrijedno je napomenuti da više nije osjećao nikakvu nelagodu.

Sus heridas deben haber sanado ya por completo.

Njegove rane su već morale biti potpuno zacijeljene.

Porque ya no sentía sus discapacidades anteriores.

Jer više nije osjećao svoje prijašnje invaliditete.

Su nueva capacidad de curar lo sorprendió y lo asombró.

Njegova nova sposobnost liječenja iznenadila ga je i zadivila.

Hace más de un mes se cortó el dedo con un cuchillo.

Prije više od mjesec dana porezao je prst nožem.

Hasta hace dos días esa herida todavía le dolía.

Do prije dva dana ta ga je rana još uvijek boljela.

"¿Soy mucho menos sensible ahora?" pensó para sí mismo.

„Jesam li sada puno manje osjetljiv?" pomislio je u sebi.

Para entonces ya estaba chupando con avidez el queso.

Do tada je već pohlepno sisao sir.
Se sintió atraído por el queso más que por el resto de la comida.
Više ga je privlačio sir nego ostala hrana.
Comió rápidamente un trozo de queso tras otro.
Brzo je jeo jedan komad sira za drugim.
Sus ojos se llenaron de lágrimas de satisfacción al probarlo.
Oči su mu se zasuzile od zadovoljstva kad je osjetio okus.
Después del queso comió las verduras y la salsa.
Nakon sira pojeo je povrće i umak.
Sin embargo, la comida fresca no le sabía bien.
Međutim, svježa hrana mu nije bila ukusna.
De hecho, ni siquiera podía soportar el olor de la comida fresca.
Zapravo, nije mogao podnijeti ni miris svježe hrane.
Incluso arrastró el resto de la comida lejos de la comida fresca.
Čak je i drugu hranu odvukao od svježe hrane.
Y muy rápidamente terminó la comida más comestible.
I vrlo brzo je pojeo najjestiviju hranu.
Toda aquella deliciosa comida tuvo sobre él un efecto soporífero.
Sva ukusna hrana imala je na njega uspavljujući učinak.
Y él permaneció acostado perezosamente en el lugar donde había comido.
I lijeno je ležao na mjestu gdje je jeo.
Finalmente su hermana regresó para ver cómo estaba nuevamente.
Na kraju se njegova sestra vratila da ga ponovno provjeri.
Tuvo la previsión de girar la llave muy lentamente.
Imala je predviđanja da vrlo polako okrene ključ.
Esto le dio a Gregor una advertencia de que debía retirarse.
To je Gregoru dalo upozorenje da se treba povući.
Aturdido y sobresaltado, se apresuró a volver debajo del sofá.
Ošamućen i prestrašen, požurio je natrag pod sofu.
Pero quedarse debajo del sofá no fue tan fácil esta vez.

Ali ostati ispod sofe ovaj put nije bilo tako lako.

Su cuerpo se había vuelto un poco redondeado por tanta comida.

Tijelo mu se malo zaoblilo od sve hrane.

Y tuvo que controlarse para no quedarse sin nada otra vez.

I morao se kontrolirati da ponovno ne istrči.

Aunque la hermana no permaneció mucho tiempo en la habitación.

Iako sestra nije dugo ostala u sobi.

Le costaba respirar en ese estrecho espacio.

Mučilo se disati u tom uskom prostoru.

Pero él siguió adelante a pesar de los pequeños ataques de asfixia.

Ali progurao se kroz male napade gušenja.

Con ojos desorbitados observaba las actividades de la hermana.

Ispuljenim očima promatrao je sestrine aktivnosti.

La hermana desprevenida vertió todo en un balde.

Ništa ne sluteća sestra je sve usula u kantu.

Ella no sólo se deshizo de la comida que Gregor no había comido.

Ne samo da se riješila hrane koju Gregor nije pojeo.

Pero también se deshizo de la comida que él no había tocado.

Ali je također bacila hranu koju nije dotaknuo.

Al parecer esa comida ya no era comestible para nadie.

Očito ta hrana više nije bila jestiva nikome.

Luego cerró el cubo de comida con una tapa de madera.

Zatim je zatvorila kantu s hranom drvenim poklopcem.

Y con la comida, el balde y el trapeador, se fue.

I s hranom, kantom i krpom, otišla je.

Gregor no habría podido esperar mucho más tiempo.

Gregor ne bi mogao još dugo čekati.

Tan pronto como ella se fue, él se escapó de debajo del sofá.

Čim je otišla, pobjegao je ispod sofe.

Y se estiró y resopló aliviado.

I on se ispružio i zadihao od olakšanja.

Así recibía Gregorio comida de vez en cuando.
Tako je Gregor od sada s vremena na vrijeme dobivao hranu.
Su hermana le dio de comer una vez temprano en la mañana.
Sestra mu je jednom rano ujutro dala hranu.
A esta hora los padres y la criada todavía dormían.
U ovom satu roditelji i sluškinja još su spavali.
Y recibió una segunda comida después de que todos almorzaron.
I drugi obrok je dobio nakon što su svi ručali.
Porque en ese momento los padres también durmieron un rato.
Jer su u to vrijeme i roditelji malo spavali.
Y la doncella fue enviada por su hermana a hacer algún recado.
A sluškinju je sestra poslala po nekom zadatku.
Ciertamente no tenían intención de dejar morir de hambre a Gregor.
Sigurno nisu imali namjeru izgladnjivati Gregora.
Pero tampoco hubieran querido verlo comer.
Ali ni oni ga ne bi htjeli gledati kako jede.
Lo que mencionó la hermana fue suficiente información.
Ono što je sestra spomenula bilo je dovoljno informacija.
Quizás era su manera de ahorrarles dolor a los padres.
Možda je to bio njezin način da roditeljima poštedi tugu.
Ya habían sufrido bastante por sus acciones.
Već su dovoljno patili zbog njegovih postupaka.

El primer día se iba convirtiendo poco a poco en un recuerdo lejano.
Prvi dan je polako postajao daleka uspomena.
Gregor no tenía forma de saber lo que pasó ese día.
Gregor nije imao načina da sazna što se dogodilo tog dana.
¿Cómo fue guiado el cerrajero fuera del apartamento?
Kako je bravar izveden iz stana?
¿Con qué excusas quedó finalmente satisfecho el médico?
Kojim je izgovorima liječnik konačno bio zadovoljan?
No había encontrado ningún modo de hacerse entender.

Nije pronašao način da se izrazi razumljivo.

Ni siquiera logró comunicarse con su hermana.

Nije uspio ni komunicirati sa sestrom.

Y entonces pensaron que no podía entenderlos.

I zato su mislili da ih on ne može razumjeti.

Y por eso no se hizo ningún esfuerzo para hablar con él.

I stoga se nije uložio nikakav napor da se s njim razgovara.

Su hermana entraba en su habitación todas las mañanas y a la hora del almuerzo.

Njegova sestra je dolazila u njegovu sobu svako jutro i za ručak.

Pero él tuvo que contentarse con escuchar sus suspiros.

Ali morao se zadovoljiti slušanjem njezinih uzdaha.

Más tarde se acostumbró un poco más a la forma de Gregor.

Kasnije se ipak malo više navikla na Gregorovu figuru.

Y se sintió un poco más libre para hacer más comentarios.

I osjetila je malo više slobode da iznese više primjedbi.

(Aunque nunca se acostumbraría del todo a él.)

(Iako se nikada neće potpuno naviknuti na njega.)

Y entonces Gregor se sintió nuevamente hablado un poco más.

A onda se Gregor opet osjećao malo više progovorenim.

Y captó lo que percibió como comentarios amistosos.

I uhvatio je ono što je doživio kao prijateljske komentare.

"Disfrutó su comida hoy" o "comió todo".

"Danas je uživao u hrani" ili "pojeo je sve".

Pero eso fue sólo cuando hubo comido toda su comida.

Ali to je bilo tek kad je pojeo svu svoju hranu.

Pero últimamente esto se está volviendo cada vez menos frecuente.

Ali u posljednje vrijeme to je postajalo sve rjeđe i rjeđe.

"Apenas tocaba la comida", decía ella con más frecuencia ahora.

„Jedva da je dirao hranu", govorila je sada češće.

Y había un toque de tristeza en su voz cada vez.

I svaki put se u njezinu glasu čula daška tuge.

Gregor no pudo escuchar ninguna otra noticia más directamente.

Gregor nije mogao izravnije čuti nikakve druge vijesti.

Pero escuchó muchas noticias de las habitaciones contiguas.

Ali je čuo mnogo vijesti iz susjednih soba.

Al oír voces corrió hacia la puerta correspondiente.

Kad je čuo glasove, potrčao je do odgovarajućih vrata.

Y apretó todo su cuerpo contra la puerta para escuchar.

I pritisnuo je cijelo tijelo uz vrata da čuje.

Todas las conversaciones le concernían de una manera u otra.

Svi razgovori su ga se na ovaj ili onaj način ticali.

Incluso cuando el tema parecía ser sobre otra cosa.

Čak i kada se činilo da je tema o nečem drugom.

Esta observación fue especialmente cierta en los primeros tiempos.

Ovo zapažanje bilo je posebno istinito u ranim danima.

Durante cada comida repetían la misma discusión.

Tijekom svakog obroka ponavljali su istu raspravu.

Todavía no estaban seguros de cómo comportarse a su alrededor.

Još uvijek nisu bili sigurni kako se ponašati u njegovoj blizini.

Pero el mismo tema también se discutió entre comidas.

Ali ista se tema raspravljala i između obroka.

Porque siempre había dos miembros de la familia en casa.

Jer su kod kuće uvijek bila dva člana obitelji.

Nadie quería quedarse solo en la casa.

Nitko nije htio ostati sam u kući.

Pero dejar el piso vacío tampoco era una opción.

Ali ostaviti stan praznim također nije dolazilo u obzir.

La criada era la única que no estaba atada al apartamento.

Sobarica je bila jedina koja nije bila vezana za stan.

Ella ya había pedido irse el primer día.

Već je prvog dana zatražila da ode.

Ella se puso de rodillas y pidió que la despidieran.

Kleknula je i molila da je otpuste.

La familia no sabía cuánto sabía realmente la criada.

Obitelj nije znala koliko je sluškinja zapravo znala.
En ese momento ella no había visto más que nadie.
U toj fazi nije vidjela više od bilo koga drugog.
Lo sucedido todavía era un misterio para la familia.
Što se dogodilo, još uvijek je bila misterija za obitelj.
Pero un cuarto de hora después se despidió.
Ali četvrt sata kasnije oprostila se.
Y agradeció a la familia con lágrimas en los ojos.
I zahvalila je obitelji sa suzama u očima.
Pero en realidad les agradeció por haberla liberado.
Ali zapravo im je zahvalila što su je pustili.
Parecían haberle mostrado la mayor bondad.
Činilo se da su joj pokazali najveću ljubaznost.
Incluso hizo un juramento sin que se lo pidieran.
Čak je i položila zakletvu, a da je to nitko nije tražio.
Dijo que no le contaría a nadie lo que había sucedido.
Rekla je da nikome neće reći što se dogodilo.
Ahora la hermana tenía que cocinar junto con su madre.
Sada je sestra morala kuhati zajedno s majkom.
Pero esto realmente no era un gran inconveniente.
Ali ovo zapravo nije bila prevelika neugodnost.
Porque de todas formas los dos no comían casi nada.
Jer njih dvoje ionako gotovo ništa nisu jeli.
Gregor escuchó una y otra vez la misma conversación.
Gregor je iznova i iznova čuo isti razgovor.
Una persona le decía a otra que tenía que comer más.
Jedna je osoba govorila drugoj da moraju više jesti.
Pero esa persona no recibió ninguna respuesta de la persona.
Ali ta osoba nije dobila nikakav odgovor od te osobe.
"Gracias, tengo suficiente", o algo similar.
"Hvala, imam dovoljno" ili nešto slično.
Quizás ya no bebían nada tampoco.
Možda ni oni više nisu ništa pili.
**La hermana a menudo le preguntaba a su padre si quería
cerveza.**
Sestra je često pitala oca želi li pivo.

Y ella misma se ofreció calurosamente a ir a buscar la cerveza.

I srdačno se ponudila da sama donese pivo.

El padre siempre permanecía en silencio ante su petición.

Otac je na njezin zahtjev uvijek šutio.

Así que la hermana tuvo que encontrar una manera de eliminar cualquier duda.

Stoga je sestra morala pronaći način da otkloni svaku sumnju.

Y ella dijo que enviaría a la criada a buscar algo de cerveza.

I rekla je da će poslati sluškinju po pivo.

Pero entonces el padre finalmente dijo un gran y rotundo "no".

Ali onda je otac konačno rekao veliko, odlučno: "ne".

Luego ya no se volvió a mencionar el tema de tomar una cerveza.

Tada se tema o tome da pije pivo više nije spominjala.

Ya había explicado anteriormente la situación financiera.

Već je ranije objasnio financijsku situaciju.

De hecho, mencionó las finanzas el primer día.

Zapravo, spomenuo je financije već prvog dana.

Les hizo saber perfectamente cuáles eran las perspectivas.

Dobro ih je upoznao s izgledima.

Su propio negocio se había derrumbado hacía unos cinco años.

Njegov vlastiti posao je propao prije otprilike pet godina.

De vez en cuando se levantaba para abandonar la mesa.

S vremena na vrijeme ustajao je da ode od stola.

Y se dirigió a la caja registradora de su antiguo negocio.

I otišao je do blagajne svog starog posla.

Había salvado la caja registradora por sentimentalismo.

Blagajnu je sačuvao iz sentimentalnosti.

Gregor lo oyó abrir una cerradura pesada y complicada.

Gregor ga je čuo kako otključava tešku i kompliciranu bravu.

Y sacó recibos y libros de la caja.

I izvadio je račune i knjige iz blagajne.

Después de tomar los objetos volvió a cerrar la caja fuerte.

Nakon što je uzeo predmete, ponovno je zaključao blagajnu.

Gregor no había tenido buenas noticias desde su encarcelamiento.

Gregor nije čuo dobre vijesti otkako je bio u zatvoru.

Pensó que el negocio había llevado a la quiebra a su padre.

Mislio je da je posao doveo njegovog oca do bankrota.

El padre seguramente le había dado esa impresión a Gregor.

Otac je svakako ostavio takav dojam na Gregora.

Y Gregor nunca le preguntó más sobre las finanzas.

I Gregor ga nikad više nije pitao o financijama.

Gregor quería hacer todo lo posible para ayudar a la familia.

Gregor je želio učiniti sve što je mogao kako bi pomogao obitelji.

Quería ayudarlos a olvidar la desgracia empresarial.

Htio im je pomoći da zaborave poslovnu nesreću.

La quiebra que provocó la desesperanza más completa.

Stečaj koji je donio potpunu beznadežnost.

Así que empezó a trabajar con una pasión muy especial.

pa je počeo raditi s vrlo posebnom strašću.

Se había convertido en un vendedor ambulante casi de la noche a la mañana.

Gotovo preko noći postao je trgovački putnik.

Antes de eso, sólo había trabajado como empleado con un salario bajo.

Prije toga je radio samo kao slabo plaćen činovnik.

Ahora tenía oportunidades de ingresos completamente diferentes.

Sada je imao potpuno drugačije mogućnosti zarade.

Las ventas exitosas podrían convertirse inmediatamente en efectivo.

Uspješna prodaja mogla bi se odmah pretvoriti u gotovinu.

El dinero en efectivo, por supuesto, se paga con sus comisiones.

Novac se, naravno, isplaćuje od njegovih provizija.

Ahora Gregor podía poner dinero en la mesa familiar.

Sada je Gregor mogao staviti novac na obiteljski stol.

Y estaban asombrados y contentos con sus ganancias.

I bili su zadivljeni i sretni zbog njegove zarade.

Pero esos tiempos hermosos no se repetirán nuevamente.
Ali ta lijepa vremena se neće ponoviti.
Apenas se habían acostumbrado a esos buenos tiempos.
Tek su se navikli na ova dobra vremena.
Cada día de pago la familia aceptaba el dinero con gratitud.
Obitelj je s zahvalnošću prihvaćala novac svakog dana isplate.
Y Gregor estaba igualmente feliz de entregar el dinero.
I Gregor je jednako rado predao novac.
Pero el cálido afecto que recibía a cambio fue muriendo lentamente.
Ali topla naklonost pružena zauzvrat polako je nestala.
Sólo su hermana permaneció tan cerca de Gregor como antes.
Samo je njegova sestra ostala blizu Gregoru kao i prije.
Ella, a diferencia de Gregor, tenía un profundo aprecio por la música.
Ona je, za razliku od Gregora, duboko cijenila glazbu.
Y ella sabía tocar el violín de una manera muy conmovedora.
I znala je vrlo dirljivo svirati violinu.
Gregor planeó en secreto enviarla a la escuela de música.
Gregor je potajno planirao poslati je u glazbenu školu.
Aún no había decidido cómo pagaría los gastos.
Još nije odlučio kako će platiti troškove.
Pero de una forma u otra cubriría los costos.
Ali na ovaj ili onaj način će pokriti troškove.
De vez en cuando Gregor y su familia hacían pequeños viajes.
Povremeno su Gregor i obitelj išli na kratka putovanja.
Gregor y su hermana abordaron este tema con frecuencia.
Gregor i sestra često su spominjali tu temu.
Pero sólo se mencionó como una idea maravillosa.
Ali to je ikada spomenuto samo kao divna ideja.
Realmente no creían que el sueño pudiera realizarse.
Nisu baš vjerovali da se san može ostvariti.
Y a los padres no les gustaban esas ambiciones fantasiosas.
A roditeljima se nisu sviđale takve maštovite ambicije.
Incluso cuando el tema se planteó de manera muy inocente.

Čak i kada je tema pokrenuta vrlo nevino.
Pero Gregor seguía pensando en la escuela de música.
Ali Gregor je nastavio razmišljati o glazbenoj školi.
Y tenía pensado anunciar el regalo en Nochebuena.
I planirao je objaviti poklon na Badnjak.
Por supuesto, en su estado actual sería imposible.
Naravno, u njegovom trenutnom stanju to bi bilo nemoguće.
Pero ese tipo de pensamientos pasaban por su cabeza.
Ali takve su mu misli prolazile kroz glavu.
Y tenía estos pensamientos mientras escuchaba a la familia.
I imao je takve misli dok je slušao obitelj.
A veces se cansaba demasiado para seguir escuchándolos.
Ponekad bi se previše umorio da bi ih nastavio slušati.
Su cabeza cayó contra la puerta por el cansancio.
Glava mu je od umora pala na vrata.
Pero inmediatamente volvió a apoyar la cabeza contra la puerta.
Ali odmah je ponovno naslonio glavu na vrata.
Porque incluso el ruido más leve se podía oír afuera.
Jer se vani mogao čuti i najmanji šum.
Y cualquier ruido que hacía hacía que la familia se quedara en silencio.
I svaka buka koju bi napravio utišala bi obitelj.
"¿Qué está haciendo ahora?" preguntó el padre a la familia.
„Što on sada radi?" upitao je otac obitelj.
Y fue a la puerta para comprobar qué era aquel ruido.
I otišao je do vrata da provjeri o kakvoj se buki radi.
Y luego la conversación interrumpida se reanudó gradualmente.
A onda se prekinuti razgovor postupno nastavio.
Pero lo que dijo el padre sorprendió positivamente a todos.
Ali ono što je otac rekao pozitivno je iznenadilo sve.
Gregor ahora conoció la verdadera situación de las finanzas.
Gregor je sada saznao pravo financijsko stanje.
A pesar de todas las desgracias, hubo algo de buena suerte.
Unatoč svim nesrećama, bilo je i sreće.

Aún quedaba allí una muy pequeña fortuna de los viejos tiempos.

Vrlo malo bogatstvo iz starih dana još je uvijek bilo tamo.

El padre explicó las cosas, pero tuvo que repetirlas.

Otac je objasnio stvari, ali je morao ponoviti.

Porque hacía tiempo que no se ocupaba de estas cosas.

Jer se tim stvarima nije bavio već neko vrijeme.

Y porque la madre no entendía tales cosas.

I zato što majka nije razumjela takve stvari.

Los tipos de interés del banco habían subido un poco.

Kamatne stope u banci su malo porasle.

El dinero intacto había aumentado más de lo esperado.

Netaknuti novac se povećao više nego što se očekivalo.

Además Gregor siempre les había dado sus ahorros.

Osim toga, Gregor im je uvijek davao svoju ušteđevinu.

Sólo había conservado unos pocos florines para sí.

Za sebe je zadržao samo nekoliko guldena.

Y su dinero aún no se había agotado por completo.

A ni njegov novac nije bio potpuno potrošen.

En conjunto, este dinero se había acumulado hasta formar un pequeño capital.

Zajedno se taj novac akumulirao u mali kapital.

Gregor, detrás de su puerta, asintió con entusiasmo ante la noticia.

Gregor, iza svojih vrata, nestrpljivo je kimnuo glavom na vijesti.

Le agradó esta inesperada cautela y frugalidad.

Bio je zadovoljan ovom neočekivanom opreznošću i štedljivošću.

Los fondos sobrantes podrían haberse utilizado para pagar la deuda.

Višak sredstava mogao se iskoristiti za otplatu duga.

Entonces ya no le deberían nada al patrón.

Tada više ne bi bili dužni šefu ništa.

Y Gregor podría haber cambiado de trabajo mucho antes.

A Gregor je mogao puno ranije prijeći na novi posao.

Pero ahora la manera como el padre lo dispuso estaba mucho mejor.

Ali način na koji je otac to uredio sada je bio puno bolji.

El dinero no era suficiente para vivir de los intereses.

Novac nije bio sasvim dovoljan za život od kamata.

Y había que reservar algo de dinero para emergencias.

I nešto novca je trebalo izdvojiti za hitne slučajeve.

Sólo habría sido suficiente dinero para uno o dos años.

To bi bilo dovoljno novca samo za godinu ili dvije.

Esto significaba que alguien tenía que ganar dinero para que pudieran vivir.

To je značilo da netko mora zaraditi novac za njihov život.

El padre no estaba enfermo y era bastante fuerte.

Otac nije bio bolestan i bio je dovoljno snažan.

Pero llevaba más de cinco años sin trabajo.

Ali bio je bez posla više od pet godina.

Y, debido a su edad, le quedaba poca confianza en sí mismo.

I, zbog godina, imao je malo samopouzdanja.

También había engordado mucho en los últimos tiempos.

Također je u posljednje vrijeme dosta dobio na težini.

Su vida siempre había sido ardua y sin éxito.

Njegov život je oduvijek bio težak i neuspješan.

Y éstas habían sido las primeras vacaciones que había tenido.

I ovo je bio prvi odmor koji je ikada imao.

Y sin estar ocupado se había vuelto bastante torpe.

A budući da nije bio zauzet, postao je prilično nespretan.

¿Sería mejor si la anciana madre ganara el dinero?

Bi li bilo bolje da je stara majka zaradila novac?

La anciana madre que sufría de asma.

Stara majka koja je bolovala od astme.

La anciana madre que luchaba por subir las escaleras.

Stara majka koja se mučila penjati uz stepenice.

La anciana madre que pasaba el tiempo tumbada en el sofá.

Stara majka koja je provodila vrijeme ležeći na sofi.

La anciana madre que prefería quedarse junto a la ventana.

Stara majka koja je radije sjedila kraj prozora.

Para poder recuperar el aliento cuando lo necesitara.
Kako bi mogla doći do daha kad joj zatreba.
¿Sería mejor si la hermana joven ganara el dinero?
Bi li bilo bolje da mlada sestra zaradi novac?
La hermana, que a sus diecisiete años era todavía apenas una niña.
Sestra, koja je sa sedamnaest godina još bila samo dijete.
La hermana que sólo tuvo unos pocos placeres modestos.
Sestra koja je imala samo nekoliko skromnih zadovoljstava.
La hermana a quien le gustaba principalmente tocar el violín.
Sestra koja je uglavnom uživala svirati violinu.
Ella sabía que su anterior forma de vida era muy envidiable;
Znala je da joj je prijašnji način života bio vrlo zavidan;
Vestirse bien, levantarse tarde, ayudar en la casa.
Lijepo se odijevati, kasno se buditi, pomagati u kući.
La conversación a menudo giraba en torno a la necesidad de ganar dinero.
Razgovor se često vrtio oko potrebe za zarađivanjem novca.
Gregor siempre era el primero en soltar la puerta.
Gregor je uvijek prvi puštao vrata.
La conversación lo puso caliente de vergüenza y dolor.
Razgovor ga je ispunio sramom i tugom.
Entonces se dejó caer en el refrescante sofá de cuero.
Zato se bacio na hladeću kožnu sofu.
Y a menudo pasaba el resto de la noche en el sofá.
I često je ostatak noći provodio na sofi.
Nunca durmió realmente en el sofá, ni tampoco por la noche.
Nikad nije stvarno spavao na sofi, niti noću.
A menudo, simplemente se quedaba rascando el cuero durante horas y horas.
Često je satima samo grebao kožu.
Otras veces empujaba el sillón hacia la ventana.
Drugi put je gurnuo fotelju do prozora.
Esto solo requirió un gran esfuerzo de su parte.
Samo to je zahtijevalo mnogo truda s njegove strane.
El sillón le ayudó a subirse al alféizar de la ventana.

Fotelja mu je pomogla da se popne na prozorsku dasku.
Y desde allí pudo apoyarse en la ventana.
I odatle se mogao nasloniti na prozor.
Solía sentir una gran sensación de libertad al hacer esto.
Osjećao je veliku slobodu radeći to.
Quizás estaba buscando algún viejo sentimiento liberador.
Možda je tražio neki stari oslobađajući osjećaj.
Pero su visión no era tan nítida como solía ser.
Ali njegov vid nije bio tako oštar kao prije.
Las cosas a cierta distancia se veían borrosas e indistintas.
Stvari na maloj udaljenosti bile su mutne i nejasne.
Ya no podía ver el hospital al otro lado de la calle.
Više nije mogao vidjeti bolnicu s druge strane ceste.
Antes había maldecido la vista, ahora quería verla.
Prije je proklinjao pogled, sada ga je želio vidjeti.
Sabía que vivía en la tranquila y urbana Charlottenstrasse.
Znao je da živi u mirnoj, urbanoj Charlottenstrasse.
Pero podría haber pensado que estaba mirando el desierto.
Ali možda je mislio da gleda u pustinju.
Un páramo donde el cielo gris y la tierra gris se fusionaban.
Pustoš gdje su se spajali sivo nebo i siva zemlja.
La atenta hermana notó dos veces que la silla se había movido.
Pažljiva sestra je dva puta primijetila da se stolica pomaknula.
Después de ordenar, empujó la silla hacia la ventana.
Nakon što je pospremila, gurnula je stolicu natrag do prozora.
Y a partir de ahora incluso dejó la ventana abierta.
I od sada je čak ostavljala prozorsko krilo otvoreno.
Gregor realmente hubiera deseado poder hablar con su hermana.
Gregor je istinski želio da je mogao razgovarati sa svojom sestrom.
Quería agradecerle por todo lo que hizo por él.
Htio joj je zahvaliti za sve što je učinila za njega.
Entonces habría tolerado más fácilmente sus servicios.
Tada bi lakše podnio njihove usluge.
Pero tal como estaban las cosas, él sufrió por su ayuda.

Ali kako je bilo, patio je zbog njezine pomoći.

La hermana, por supuesto, intentó disimular la vergüenza.

Sestra je, naravno, pokušala prikriti neugodu.

Y ella hizo todo lo posible para fingir que no se sentía agobiada.

I davala je sve od sebe da se pretvara da se ne osjeća opterećeno.

Por supuesto, esto es algo que tenía que practicar primero.

Naravno, ovo je nešto što je prvo morala uvježbati.

Y cuanto más tiempo pasaba, mejor lo hacía.

I što je više vremena prolazilo, to je postajala bolja u tome.

Pero a Gregor también se le dio más tiempo para ver su pretensión.

Ali Gregor je također dobio više vremena da vidi njezino pretvaranje.

Incluso su entrada a su habitación fue una prueba para él.

Čak je i njezin ulazak u njegovu sobu bio za njega muka.

Tan pronto como entró, corrió directamente a la ventana.

Čim je ušla, odmah je potrčala do prozora.

Ni siquiera se tomó el tiempo de cerrar la puerta.

Nije čak ni odvojila vrijeme da zatvori vrata.

Normalmente ella evitaba que todos vieran la habitación de Gregor.

Obično je svima poštedjela pogleda na Gregorovu sobu.

Y abrió la ventana de golpe con manos apresuradas.

I žurnim rukama je naglo otvorila prozor.

Luego volvió a respirar como si se estuviera asfixiando.

Zatim je ponovno disala kao da se gušila.

El aire que entraba era frío y ella respiraba profundamente.

Zrak koji je ulazio bio je hladan, pa je duboko udahnula.

Pero aún así se quedó junto a la ventana por un rato.

Ali ipak je neko vrijeme ostala kraj prozora.

Con esta rutina asustaba a Gregor dos veces al día.

Dvaput dnevno je plašila Gregora tom rutinom.

Mientras ella estaba en la habitación él temblaba debajo del sofá.

Dok je ona bila u sobi, on se tresao ispod sofe.

Él sabía que a ella le habría gustado ahorrarle esa terrible experiencia.

Znao je da bi ga ona voljela poštedjeti te muke.

Pero ella no podía estar en la habitación con la ventana cerrada.

Ali nije mogla biti u sobi sa zatvorenim prozorom.

Hubo una ocasión en que ella llegó un poco antes.

Jednom je došla malo ranije.

Probablemente alrededor de un mes después de la transformación de Gregor.

Vjerojatno oko mjesec dana nakon Gregorove transformacije.

Ella se había acostumbrado un poco a su nueva apariencia.

Donekle se navikla na njegov novi izgled.

Así que ya no tenía por qué estar particularmente sorprendida.

Dakle, više nije imala razloga za posebno šokiranje.

Ella lo encontró todavía mirando por la ventana, inmóvil.

Zatekla ga je kako još uvijek nepomično zuri kroz prozor.

Estaba en el lugar más horrible en el que podría haber estado.

Bio je na najstrašnijem mjestu na kojem je mogao biti.

No le habría sorprendido si ella no hubiera entrado.

Ne bi se iznenadio da nije ušla.

Donde le impidió abrir la ventana.

Gdje ju je spriječio da otvori prozor.

Ella salió rápidamente de la habitación y cerró la puerta.

Brzo je ponovno izašla iz sobe i zatvorila vrata.

Un extraño podría haber llegado a todo tipo de conclusiones.

Stranac je mogao doći do svakakvih zaključaka.

Quizás sólo estaba esperando la oportunidad de morderla.

Možda je samo čekao priliku da je ugrize.

Gregor, por supuesto, se escondió inmediatamente debajo del sofá.

Gregor se, naravno, odmah sakrio pod sofu.

Pero tuvo que esperar hasta el mediodía para que su hermana regresara.

Ali morao je čekati do podneva da mu se sestra vrati.

Y ella parecía mucho más inquieta que de costumbre.
I činila se mnogo nemirnijom nego inače.
Se dio cuenta de que verlo todavía era insoportable.
Shvatio je da mu je prizor na njega još uvijek nepodnošljiv.
Verlo seguiría siendo insoportable para ella.
Pogled na njega ostat će joj nepodnošljiv.
Probablemente no podría soportar ver ninguna parte de él.
Vjerojatno ne bi mogla podnijeti vidjeti nijedan dio njega.
Siempre sobresalía una pequeña parte de debajo del sofá.
Mali dio je uvijek virio ispod kauča.
Un día llevó una sábana sobre su espalda hasta el sofá.
Jednog dana je na leđima do sofe nosio plahtu.
Quería evitar que ella viera cualquier parte de él.
Htio ju je poštedjeti da vidi bilo koji dio njega.
Él dispuso la sábana de tal manera que todo él quedara oculto.
Namjestio je plahtu tako da je cijeli bio skriven.
Incluso si se agachara no podría verlo.
Čak i da se sagne, ne bi ga mogla vidjeti.
Todo el esfuerzo le llevó a Gregor más de tres horas.
Cijeli pothvat je Gregoru trajao više od tri sata.
Quizás pensó que la sábana era innecesaria.
Možda je mislila da plahta nije potrebna.
Ella habría sabido que él no quería la sábana.
Znala bi da on ne želi plahtu.
Lo hacía para su comodidad, no para la suya propia.
Radio je to za njezinu udobnost, a ne za sebe.
Y podría haber quitado la sábana si hubiera querido.
I mogla je skinuti plahtu da je htjela.
Pero dejó la sábana donde Gregor la había puesto.
Ali ostavila je plahtu tamo gdje ju je Gregor stavio.
Y Gregor incluso creyó haber captado una mirada de agradecimiento.
A Gregor je čak pomislio da je uhvatio zahvalan pogled.
Había levantado suavemente la sábana con la cabeza.
Nježno je glavom podigao plahtu.
Quería ver si a su hermana le gustaba el arreglo.

Htio je vidjeti sviđa li se njegovoj sestri dogovor.

Las dos primeras semanas fueron las más difíciles para los padres.
Prva dva tjedna bila su najteža za roditelje.
No pudieron animarse a entrar y verlo.
Nisu se mogli natjerati da uđu i vide ga.
Escuchó muchas de sus conversaciones en ese momento.
U to je vrijeme čuo mnoge njihove razgovore.
Reconocieron plenamente todo lo que hacía la hermana.
U potpunosti su priznali sve što je sestra radila.
Aunque solían estar molestos con ella a menudo.
Iako su se često znali ljutiti na nju.
Porque ella parecía ser una chica un tanto inútil.
Jer se činila pomalo beskorisnom djevojkom.
Ahora eran ellos quienes esperaban al otro lado de la habitación.
Sada su oni čekali s druge strane sobe.
Y fue ella quien entró en la habitación a hacer todo.
I ona je bila ta koja je ušla u sobu da sve obavi.
Tan pronto como salió quisieron saberlo todo.
Čim je izašla, htjeli su sve znati.
Tenía que decirles exactamente cómo era la habitación.
Morala im je točno reći kako soba izgleda.
¿Qué comió Gregor? ¿Cómo se comportó esta vez?
"Što je Gregor jeo? Kako se ovaj put ponašao?"
"¿Quizás se notó una ligera mejoría?"
"Je li se možda primijetilo neko blago poboljšanje?"
La madre, por cierto, fue en realidad más valiente.
Majka je, usput rečeno, zapravo bila hrabrija.
Y por supuesto, era su propio hijo el que estaba dentro de la habitación.
I naravno, u sobi je bio njezin vlastiti sin.
En realidad quería visitar a Gregor relativamente pronto.
Zapravo je htjela relativno brzo posjetiti Gregora.
Pero al principio el padre y la hermana la frenaron.
Ali otac i sestra su je isprva sputavali.

Le dieron argumentos muy racionales para que no fuera.

Iznijeli su vrlo racionalne argumente protiv toga da ne ide.

Gregor escuchó con mucha atención sus razonamientos.

Gregor je vrlo pažljivo slušao njihovo razmišljanje.

Y él aceptó el razonamiento tanto como su madre.

I prihvatio je obrazloženje koliko i njegova majka.

Pero más tarde hubo que retenerla por la fuerza.

Kasnije su je, međutim, morali zadržavati silom.

"¡Déjame entrar con Gregor, es mi desdichado hijo!"

"Pusti me unutra Gregoru, on je moj nesretni sin!"

-¿No entiendes que tengo que ir a verlo?

"Zar ne razumiješ da moram ići k njemu?"

Gregor también se dejó convencer por los argumentos de su madre.

Gregora su uvjerili i majčini argumenti.

Quizás tenía razón: sería bueno que entrara.

Možda je bila u pravu; bilo bi dobro da uđe.

Venir a verlo todos los días sería demasiado.

Dolaziti ga posjećivati svaki dan bilo bi previše.

Pero verlo una vez a la semana podría ser suficiente.

Ali viđati ga možda jednom tjedno bi moglo biti dovoljno.

Ella podría entender las cosas mucho mejor que la hermana.

Možda ona puno bolje razumije stvari od sestre.

A pesar de todo su coraje, ella todavía era sólo una niña.

Unatoč svoj svojoj hrabrosti, bila je još samo dijete.

Quizás la imprudencia infantil la impulsó a aceptar esa tarea.

Možda ju je djetinjasta nepromišljenost natjerala da preuzme zadatak.

Pero el deseo de Gregor de ver a su madre pronto se hizo realidad.

Ali Gregorova želja da vidi majku ubrzo se ostvarila.

Durante el día Gregor se mantenía alejado de la ventana.

Danju se Gregor klonio prozora.

Lo hizo por consideración a sus padres.

To je učinio iz obzira prema roditeljima.

No tenía mucho espacio para arrastrarse por el suelo.

Nije imao puno mjesta za puzanje po podu.
Le resultaba difícil permanecer quieto durante la noche.
Bilo mu je teško mirno ležati tijekom noći.
Comer ya no le producía el más mínimo placer.
Jedenje mu više nije pružalo ni najmanje zadovoljstvo.
Por supuesto que tenía que encontrar alguna manera de distraerse.
Naravno da je morao pronaći neki način da se odvrati.
Para entretenerse se arrastraba por las paredes.
Da bi se zabavio, puzao je gore-dolje po zidovima.
Y también se arrastró por el techo, boca abajo.
I puzao je po stropu, naopako.
Estaba especialmente feliz cuando colgaba del techo.
Bio je posebno sretan kad je visio sa stropa.
Fue completamente diferente a estar tendido en el suelo.
Bilo je potpuno drugačije nego ležati na podu.
Le resultó mucho más fácil respirar en esta posición.
U tom položaju mu je bilo puno lakše disati.
Una ligera pero agradable vibración recorrió su cuerpo.
Lagana, ali ugodna vibracija prošla mu je tijelom.
A veces incluso se relajaba demasiado en su felicidad.
Ponekad se čak previše opustio u svojoj sreći.
A veces se distraía y se soltaba del techo.
Ponekad bi se omeo i pustio bi strop.
Y para su propia sorpresa, aterrizó de nuevo en el suelo.
I na vlastito iznenađenje, sletio je natrag na tlo.
Pero tenía mucho mejor control de su cuerpo que antes.
Ali je imao puno bolju kontrolu nad svojim tijelom nego prije.
Para que ahora no se haga daño con caídas tan fuertes.
Dakle, sada se nije ozlijedio od tako velikih padova.
La hermana notó inmediatamente el nuevo placer de Gregor.
Sestra je odmah primijetila Gregorovo novo zadovoljstvo.
Y había restos de adhesivo donde se había arrastrado.
I bilo je tragova ljepila tamo gdje je puzao.
Aquí nuevamente la hermana pensó en el bienestar de Gregor.
I ovdje je sestra ponovno razmišljala o Gregorovom zdravlju.

Quizás apreciaría más espacio para gatear.

Možda bi cijenio više prostora za puzanje.

Y la idea se instaló firmemente en su cabeza.

I ideja se čvrsto učvrstila u njezinoj glavi.

Algunos de los muebles de gran tamaño impedían su libre movimiento.

Dio velikog namještaja sprječavao mu je slobodno kretanje.

Ya no trabajaba así que no necesitaba el escritorio.

Više nije radio, pa mu stol nije bio potreban.

Y la caja ocupaba más espacio del necesario. ***

I kutija je zauzimala više prostora nego što je trebalo. ***

La hermana no era capaz de mover estas cosas sola.

Sestra nije bila u stanju sama premjestiti te stvari.

Por supuesto que no se atrevió a pedirle ayuda al padre.

Naravno da se nije usudila tražiti pomoć od oca.

La criada seguramente tampoco la habría ayudado.

Ni sluškinja joj sigurno ne bi pomogla.

La nueva criada era de hecho un año más joven que ella.

Nova sobarica je zapravo bila godinu dana mlađa od nje.

Ella había asumido valientemente el papel de ex sirvienta.

Hrabro je preuzela ulogu bivše sobarice.

Pero había un privilegio que ella insistía en tener.

Ali postojala je jedna privilegija koju je inzistirala imati.

Ella quería mantener la cocina cerrada en todo momento.

Željela je da kuhinja bude stalno zaključana.

Así que la hermana no tuvo más remedio que preguntarle a su madre.

Dakle, sestra nije imala drugog izbora nego pitati majku.

Con gritos de emocionada alegría la madre acudió a ayudar.

S uzvicima uzbuđene radosti majka je priskočila u pomoć.

Pero ella se quedó en silencio en la puerta de la habitación de Gregor.

Ali je zašutjela na vratima Gregorove sobe.

La hermana comprobó que todo en la habitación estuviera bien.

Sestra je provjerila je li sve u sobi u redu.

Gregor había tirado apresuradamente la sábana aún más fuerte.

Gregor je brzo još čvršće zategnuo plahtu.

Aunque la sábana todavía parecía colocada al azar.

Iako je plahta i dalje izgledala nasumično složena.

Y sólo entonces dejó que su madre entrara en la habitación.

I tek tada je pustila majku u sobu.

Gregor también se abstuvo de espiar desde debajo de la sábana.

Gregor se također suzdržao od špijuniranja ispod plahte.

Decidió no volver a ver a su madre esta vez.

Odlučio je ovaj put odustati od susreta s majkom.

Gregor estaba muy contento de que ella hubiera entrado.

Gregor je bio dovoljno sretan što je uopće ušla.

"Pasa, no puedes verlo", dijo la hermana.

„Uđi, ne možeš ga vidjeti", rekla je sestra.

Gregor supuso que ella llevaba a su madre de la mano.

Gregor je pretpostavio da ona vodi majku za ruku.

Entonces escuchó a las dos mujeres débiles moviendo los muebles.

Tada je čuo dvije slabe žene kako pomiču namještaj.

La hermana parecía reclamar la mayor parte del trabajo para ella misma.

Činilo se da je sestra većinu posla preuzela za sebe.

Su madre temía que se esforzara demasiado.

Majka se bojala da će se previše naprezati.

Pero la hermana no hizo caso a estas advertencias.

Ali sestra nije obraćala pažnju na ta upozorenja.

Pero incluso después de quince minutos el progreso era muy lento.

Ali čak i nakon petnaest minuta napredak je bio vrlo spor.

No habían conseguido mover los muebles muy lejos.

Nisu uspjeli pomaknuti namještaj daleko.

Poco a poco empezaron a sentir una sensación de derrota.

Polako su počeli osjećati poraz.

La madre fue la primera en admitir la inutilidad.

Majka je prva priznala uzaludnost.

"Quizás sería mejor dejar la caja aquí."

"Možda bi bilo bolje ostaviti kutiju ovdje."

"La caja es demasiado pesada para que podamos moverla mucho más lejos".

"Kutija je preteška da bismo se mogli pomaknuti puno dalje."

"Y no terminaremos antes de que llegue tu padre."

"I nećemo završiti prije nego što stigne tvoj otac."

Dejar la caja aquí le bloquearía aún más el camino.

„Ostavljanje kutije ovdje još bi mu više zapriječilo put."

"¿Y podemos estar seguros de que le estamos haciendo un favor?"

"I možemo li biti sigurni da mu činimo uslugu?"

Comenzaron a pensar que bien podría ser cierto lo opuesto.

Počeli su misliti da bi suprotno moglo biti istina.

La visión de la pared vacía pesó mucho en su corazón.

Pogled na prazan zid teško joj je stegnuo srce.

¿Quién diría que Gregor no se sentiría así también?

Što kažeš da se i Gregor ne bi tako osjećao?

"Ya está acostumbrado a los muebles de su habitación."

"Već se navikao na namještaj u svojoj sobi."

"Podría sentirse aún más abandonado en una habitación vacía".

"U praznoj sobi bi se mogao osjećati još napuštenije."

Para entonces su voz se había reducido casi a un susurro.

Do sada joj se glas gotovo snizio do šapta.

En realidad no sabía el paradero exacto de Gregor.

Zapravo nije znala gdje se Gregor točno nalazi.

Ella no quería ni siquiera que él escuchara el sonido de su voz.

Nije htjela da on čak ni čuje zvuk njezina glasa.

Aunque ella estaba segura de que él no la entendía.

Iako je bila sigurna da je ne razumije.

"¿No parecería como si lo hubiéramos abandonado por completo?"

"Ne bi li se činilo kao da smo potpuno odustali od njega?"

"¿No sentirá que lo estamos dejando solo?"

"Neće li se osjećati kao da ga ostavljamo da se sam snalazi?"

"Deberíamos dejar la habitación exactamente como estaba".
"Trebali bismo ostaviti sobu točno onakvu kakva je bila."
"Al final Gregor volverá con nosotros como antes."
"Na kraju će nam se Gregor vratiti kakav je bio."
"Entonces encontrará que todo sigue en su lugar."
"Tada će otkriti da je sve još uvijek na svom mjestu."
"Y olvidará mucho más fácilmente el período interino".
"I puno će lakše zaboraviti prijelazno razdoblje."
Cuando Gregor escuchó estas palabras se dio cuenta de algo.
Kad je Gregor čuo te riječi, shvatio je nešto.
Su mente se había vuelto confusa durante los últimos dos meses.
Njegov um se zbunio tijekom posljednja dva mjeseca.
La falta de interacción humana no había sido buena para él.
Nedostatak ljudske interakcije nije mu išao u prilog.
Realmente necesitaba la vida monótona en medio de su familia.
Zaista mu je bio potreban monoton život usred obitelji.
¿Por qué si no habría hecho una exigencia tan absurda?
Zašto bi inače postavio tako besmislen zahtjev?
¿Qué sentido tenía vaciar su habitación?
Kakvog je smisla uopće bilo pražnjenje njegove sobe?
La cómoda habitación amueblada con muebles heredados.
Udobna soba namještena naslijeđenim namještajem.
¿Por qué querría convertir ese calor conocido en una cueva?
Zašto bi htio pretvoriti ovu poznatu toplinu u pećinu?
Una cueva donde poder arrastrarse en todas direcciones en paz.
Špilja u kojoj je mogao mirno puzati na sve strane.
Pero una cueva en la que olvidó rápidamente su pasado humano.
Ali pećina u kojoj je brzo zaboravio svoju ljudsku prošlost.
Tuvo que preguntarse si ya estaba cerca de olvidar.
Morao se pitati je li već blizu zaborava.
La voz de su madre lo había sacudido y lo había hecho recordar.
Majčin glas ga je protresao i probudio sjećanje.

La voz que no había oído durante tanto tiempo.

Glas koji nije čuo tako dugo.

No había que quitar nada, todo tenía que quedar.

Ništa se nije smjelo ukloniti; sve je moralo ostati.

Los muebles influyeron positivamente en su condición.

Namještaj je pozitivno utjecao na njegovo stanje.

Y no podría vivir sin este ancla en el pasado.

I nije se mogao snaći bez ovog sidra u prošlosti.

Los muebles impedían que se arrastrara sin sentido.

Namještaj je sprječavao njegovo besmisleno puzanje uokolo.

Pero eso no fue una pérdida, sino más bien una gran ventaja.

Ali to nije bio gubitak; naprotiv, bila je to velika prednost.

Lamentablemente la hermana tenía una opinión muy diferente.

Nažalost, sestra je imala sasvim drugačije mišljenje.

Ella se había convertido en una especie de portavoz de Gregor.

Donekle je postala Gregorova glasnogovornica.

Por supuesto que su opinión no era del todo injustificada.

Naravno, njezino mišljenje nije bilo sasvim neopravdano.

Pero aquí la opinión de su madre tuvo que ser contradicha.

Ali mišljenje njezine majke ovdje se moralo osporiti.

Ahora no era solo la caja la que había que retirar.

Nije samo kutija sada trebala biti uklonjena.

Ni su escritorio ni el armario podían permanecer allí.

Njegov stol i ormar također nisu mogli ostati.

Lo único imprescindible era el sofá.

Jedino što je bilo neizostavno bila je sofa.

Ella no decidió esto sólo por desafío infantil.

Nije to odlučila samo iz dječjeg prkosa.

Tampoco fue su recientemente adquirida confianza en sí misma.

Nije to bilo ni njezino nedavno stečeno samopouzdanje.

La nueva confianza que tuvo que trabajar muy duro para ganar.

Novo samopouzdanje za koje se morala toliko truditi da ga osvoji.

Aunque nadie esperaba que ella pudiera hacerlo.
Iako nitko nije očekivao da će to moći učiniti.
Gregor realmente necesitaba mucho espacio para gatear.
Gregoru je zaista trebalo puno prostora za puzanje.
Los muebles sólo limitaban el espacio del que disponía.
Namještaj je samo ograničavao prostor koji mu je bio na
raspolaganju.
Ella podía ver estas cosas mejor que la madre.
Ona je te stvari mogla vidjeti bolje od majke.
Pero quizá su espíritu romántico también jugó un papel.
Ali možda je i njezin romantični duh odigrao ulogu.
Las niñas de esa edad suelen desarrollar cierto entusiasmo.
Djevojke te dobi često dobiju određeni entuzijazam.
**Y sienten la necesidad de salirse con la suya siempre que
pueden.**
I osjećaju potrebu da dobiju što žele kad god mogu.
Quizás por eso quería sabotearlo en secreto.
Možda je to razlog zašto ga je htjela potajno sabotirati.
Es aún más aterrador cuando se arrastra por las paredes.
Još je strašniji kad puže po zidovima.
Los padres ya no se atrevían a entrar en la habitación.
Roditelji se više nisu usudili ući u sobu.
Ella realmente sería la única cuidadora de su hermano.
Ona bi zaista bila jedina skrbnica svog brata.
Ella no dejó que su madre la persuadiera de lo contrario.
Nije dopustila majci da je uvjeri u suprotno.
La madre de Gregor ya se sentía incómoda en la habitación.
Gregorova majka se već osjećala nelagodno u sobi.
Pronto dejó de hablar y ayudó nuevamente a su hija.
Ubrzo je prestala govoriti i ponovno je pomogla kćeri.
Con las fuerzas que les quedaban retiraron el armario.
Preostalom snagom uklonili su ormar.
La cómoda era algo de lo que podía prescindir.
Komoda je bila nešto bez čega je mogao.
Pero el escritorio tendría que quedarse allí por el momento.
Ali stol je morao ostati za sada.

Mientras las mujeres estaban ausentes, trató de evaluar la habitación.

Dok su žene bile otišle, pokušao je procijeniti sobu.

Y Gregor asomó la cabeza por debajo del sofá.

I Gregor je provirio glavu ispod sofe.

Tenía que ver qué podía hacer con la situación.

Morao je vidjeti što može učiniti u vezi sa situacijom.

Pero fue lo más cuidadoso y considerado posible.

Ali bio je što je moguće pažljiviji i obzirniji.

Desgraciadamente fue la madre quien regresó primero.

Nažalost, majka se prva vratila.

Grete todavía estaba moviendo el armario en la habitación de al lado.

Grete je još uvijek premještala ormar u susjednoj sobi.

Pero la madre no estaba acostumbrada a ver a Gregor.

Ali majka nije bila navikla na Gregorov prizor.

Incluso un simple vistazo a él podría haberla enfermado.

Čak i samo pogled na njega mogao ju je razboljeti.

Gregor se apresuró a retroceder hasta el otro extremo del sofá.

Gregor je požurio unatrag do krajnjeg kraja sofe.

Pero no podía retroceder y equilibrar la sábana.

Ali nije se mogao pomaknuti unatrag i uravnotežiti plahtu.

El movimiento fue suficiente para llamar la atención de la madre.

Pokret je bio dovoljan da privuče majčinu pažnju.

Ella hizo una pausa y se quedó muy quieta por un breve momento.

Zastala je i nakratko stajala sasvim mirno.

Luego se dio la vuelta y salió de la habitación.

Zatim se okrenula i ponovno izašla iz sobe.

Gregor seguía diciéndose a sí mismo que no había ocurrido nada inusual.

Gregor si je stalno govorio da se ništa neobično nije dogodilo.

"Son sólo algunos muebles que se han llevado".

"To je samo nešto namještaja što je odneseno."

Pero pronto tuvo que admitir que los acontecimientos le afectaron.

Ali ubrzo je morao priznati da su ga događaji pogodili.

Las mujeres habían estado diciendo todo lo que estaban haciendo.

Žene su govorile sve što su radile.

Habían estado caminando de un lado a otro por la habitación.

Hodali su naprijed-natrag po sobi.

El rayado de todos los muebles en el suelo.

Grebanje sveg namještaja po podu.

Se sentía como si lo atacaran desde todos lados.

Osjećao se kao da ga napadaju sa svih strana.

Apretó la cabeza y las piernas lo más fuerte que pudo.

Privukao je glavu i noge što je čvršće mogao.

Con todas sus fuerzas presionó su cuerpo contra el suelo.

Svom snagom pritisnuo je tijelo o tlo.

Sabía que no podría soportar todo esto por mucho más tiempo.

Znao je da sve ovo više neće moći izdržati.

Vaciaron su habitación y se llevaron todo lo que amaba.

Ispraznili su mu sobu i uzeli sve što je volio.

Ya se habían llevado la caja que contenía todas sus herramientas.

Već su uzeli kutiju u kojoj je bio sav njegov alat.

Ahora estaban aflojando su pesado escritorio del suelo.

Sad su mu otpuštali teški stol s tla.

El escritorio en el que había trabajado después de regresar del trabajo.

Stol za kojim je radio nakon povratka s posla.

El escritorio en el que había escrito sus tareas comerciales.

Stol na kojem je pisao svoje poslovne zadatke.

El escritorio en el que había hecho sus deberes en la escuela secundaria.

Stol na kojem je radio zadaću u srednjoj školi.

Sí, ya había tenido este pupitre en la escuela primaria.

Da, već je imao ovaj stol u osnovnoj školi.

Realmente no tuvo tiempo de confirmar sus buenas intenciones.

Zaista nije imao vremena potvrditi njihove dobre namjere.

Aunque ya casi había olvidado que estaban allí.

Iako je gotovo zaboravio da su ionako tamo.

Porque trabajaban en silencio, por el cansancio.

Jer su radili tiho, zbog iscrpljenosti.

Estaban demasiado cansados para anunciar sus movimientos ahora.

Bili su previše umorni da bi sada objavili svoje kretanje.

Lo único que oyó fueron sus pesados pasos en el suelo.

Sve što je čuo bili su njihovi teški koraci po podu.

Justo en ese momento estaban apoyados sobre la caja.

Baš u tom trenutku naslonili su se na kutiju.

Y entonces Gregor salió de debajo del sofá.

I tada je Gregor izašao ispod sofe.

Cambió la dirección en la que corría cuatro veces.

Četiri puta je promijenio smjer u kojem je trčao.

No podía decidir qué elemento debía salvarse primero.

Nije mogao odlučiti koji predmet treba prvo spasiti.

De repente su atención se dirigió a la pared vacía.

Odjednom mu je pozornost privukao prazan zid.

Lo único que le quedó fue la fotografía de la dama con pieles.

Sve što su mu ostavili bila je slika dame u krznu.

Se arrastró hasta la imagen para presionar su cuerpo contra el de ella.

Dopuzao je do slike kako bi pritisnuo svoje tijelo uz nju.

Y su cuerpo cubrió completamente la vista de la imagen.

I njegovo tijelo je potpuno prekrilo pogled na sliku.

El vaso lo sostuvo y reconfortó su vientre caliente.

Čaša ga je poduprla i tješila njegov vrući trbuh.

Esta fotografía ya no se la pudieron quitar.

Ova slika mu se više nije mogla uzeti.

Luego giró la cabeza hacia la puerta de la sala de estar.

Zatim je okrenuo glavu prema vratima dnevne sobe.

Iba a observar mientras las mujeres regresaban a la habitación.

Namjeravao je gledati kako se žene vraćaju u sobu.

Y no descansaron mucho antes de regresar nuevamente.

I nisu se dugo odmarali prije nego što su se ponovno vratili.

El brazo de Grete rodeaba a su madre para ayudarla a caminar.

Gretina ruka je obgrlila majku kako bi joj pomogla hodati.

"¿Qué nos llevamos ahora?" dijo Grete y miró a su alrededor.

„Što ćemo sad uzeti?" upita Grete i osvrne se oko sebe.

Justo en ese momento su mirada se encontró con los ojos de Gregor.

Baš u tom trenutku njezin se pogled susreo s Gregorovim očima.

A pesar del shock, mantuvo la presencia de ánimo.

Unatoč šoku, zadržala je prisutnost duha.

Probablemente sólo por la presencia de su madre.

Vjerojatno samo zbog prisutnosti njezine majke.

Ella inclinó su rostro hacia su madre, cubriéndole la vista.

Nagnula je lice prema majci, zaklanjajući joj pogled.

Y entonces dijo, aunque temblorosa y desconsiderada:

A onda je rekla, iako drhteći i bez razmišljanja:

-Vamos, ¿no deberíamos volver a la sala de estar?

"Hajde, ne bismo li se trebali vratiti u dnevnu sobu?"

Gregor podía comprender fácilmente las intenciones de la hermana.

Gregor je lako mogao razumjeti sestrine namjere.

Su primera prioridad fue poner a su madre a salvo.

Njezin prvi prioritet bio je odvesti majku na sigurno.

Pero luego ella iba a perseguirlo desde la pared.

Ali onda će ga potjerati sa zida.

«¡Pues claro que puede intentarlo!», pensó Gregor para sus adentros.

„Pa, ona svakako može pokušati!" pomislio je Gregor u sebi.

Se sentó firmemente sobre su imagen y no renunció a ella.

Čvrsto je sjedio na svojoj slici i nije je odustajao.

Preferiría haberle saltado en la cara a la hermana.

Najradije bi skočio sestri u lice.

Pero las palabras de Grete preocuparon aún más a su madre.

Ali Gretine riječi još su više zabrinule njezinu majku.

Ella se hizo a un lado para ver lo que le ocultaban.

Pomaknula se u stranu kako bi vidjela što se od nje skriva.

Y vio la mancha marrón en el papel pintado floreado.

I ugledala je smeđu mrlju na cvjetnim tapetama.

Y ella gritó antes de darse cuenta de que era Gregor.

I vrisnula je prije nego što je uopće shvatila da je to Gregor.

"Oh Dios", gritó con los brazos extendidos.

„O, Bože", vrisnula je raširenih ruku.

Y ella se dejó caer en el sofá como si se hubiera rendido.

I pala je na kauč kao da je odustala.

—¡Gregor! —gritó la hermana levantando el puño.

„Gregore!" viknula je sestra na njega uzdignutom šakom.

Y ella le dirigió una mirada larga, dura y penetrante.

I uputila mu je dug, tvrd i prodoran pogled.

Esta era la primera vez que hablaba con él directamente.

Ovo je bio prvi put da je s njim razgovarala izravno.

Corrió a la habitación de al lado para conseguir algunas sales aromáticas.

Otrčala je u susjednu sobu kako bi uzela mirisne soli.

Tenía que devolverle la conciencia a su madre.

Morala je vratiti majku svijesti.

Gregor quería ayudar, podría salvar la imagen más tarde.

Gregor je htio pomoći, sliku je mogao spremiti kasnije.

Pero él se había quedado firmemente pegado al cristal.

Ali se čvrsto zaglavio na staklu.

Entonces tuvo que apartarse usando mucha fuerza.

Stoga se morao otrgnuti koristeći veliku silu.

Él también corrió a la habitación de al lado, donde estaba la hermana.

I on je otrčao u susjednu sobu, gdje je bila sestra.

En el pasado podría haberle dado algún consejo.

U stara vremena mogao joj je dati neki savjet.

Pero ahora no podía hacer nada más que quedarse de brazos cruzados y observar.

Ali sada nije mogao ništa drugo učiniti nego stajati i mirno promatrati.

Revolvió el cajón y abrió varias botellas.

Preturala je po ladici, otvarajući razne boce.

Y todavía la asustó cuando ella se dio la vuelta.

I još ju je uvijek plašio kad se okrenula.

Una botella cayó al suelo, se rompió y se astilló.

Boca je pala na pod, razbila se i rasprsnula.

Una astilla de vidrio golpeó la cara de Gregor y lo hirió.

Krhotina stakla pogodila je Gregora u lice i ozlijedila ga.

La botella contenía algún tipo de líquido cáustico.

Boca je sadržavala neku vrstu kaustične tekućine.

Y ahora el líquido corrosivo quemaba la cara de Gregor.

A sada je korozivna tekućina pekla Gregorovo lice.

Sin embargo, la hermana no tenía tiempo para Gregor en ese momento.

Sestra, međutim, trenutno nije imala vremena za Gregora.

Ella recogió tantas botellas como pudo.

Pokupila je što više boca je mogla.

Y ella corrió de nuevo hacia su madre con la medicina.

I otrčala je natrag majci s lijekom.

Ella cerró la puerta con el pie, dejando afuera a Gregor.

Zalupila je vrata nogom, zatvarajući Gregora van.

Ahora estaba separado de su madre, que estaba potencialmente moribunda.

Sada je bio odsječen od svoje potencijalno umiruće majke.

Si abriera la puerta, echaría a la hermana.

Da je otvorio vrata, otjerao bi sestru.

Pero por supuesto tuvo que quedarse para cuidar a la madre.

Ali naravno da je morala ostati kako bi se brinula o majci.

Ya no podía hacer nada más que esperarlos.

Sada nije mogao ništa učiniti nego ih čekati.

Acosado por el autorreproche y la ansiedad, comenzó a gatear.

Mučen samoprekorom i tjeskobom, počeo je puzati.

Se arrastró por todas partes: las paredes, los muebles, el techo.

Puzao je posvuda; po zidovima, namještaju, stropu.

Sintió como si toda la habitación girara a su alrededor.

Osjećao se kao da se cijela soba vrti oko njega.

Finalmente, desesperado y mareado, volvió a caer.

Konačno, u očaju i vrtoglavici, pao je natrag.

Y cayó justo encima de la gran mesa del comedor.

I pao je ravno na veliki stol u blagovaonici.

Pasó algún tiempo tendido allí, entumecido e incapaz de moverse.

Neko je vrijeme ležao ondje, obamrlo i nesposobno za kretanje.

Estaba exhausto por todo lo que el día le había traído.

Bio je iscrpljen od svega što mu je ovaj dan donio.

Todo estaba tranquilo, pero tal vez eso era una buena señal.

Bilo je tiho svuda okolo, ali možda je to bio dobar znak.

Entonces, rompiendo el silencio, sonó el timbre de la puerta de afuera.

Tada, prekidajući tišinu, zazvonilo je zvono vani.

La criada, por supuesto, se había encerrado en su cocina.

Sluškinja se, naravno, zaključala u kuhinju.

Así que la hermana era la única que podía abrir la puerta.

Dakle, sestra je bila jedina koja je mogla otvoriti vrata.

"¿Qué pasó?" fue lo primero que preguntó el padre.

"Što se dogodilo?" bilo je prvo što je otac upitao.

La aparición de Grete probablemente le había dicho todo.

Gretin izgled mu je vjerojatno sve rekao.

La voz de Grete se volvió apagada y apagada mientras hablaba.

Gretin glas postao je prigušen i tup dok je govorila.

Ella debió haber presionado su cara contra el pecho de su padre.

Sigurno je pritisnula lice uz očeve grudi.

"La madre estaba inconsciente, pero ahora se siente mejor".

"Majka je bila bez svijesti, ali sada se osjeća bolje."

—Gregor ha escapado —añadió, tal como él esperaba.

„Gregor je pobjegao“, dodala je, što je i očekivao.

"Siempre te dije que algún día se escaparía."

"Uvijek sam ti govorio da će jednog dana pobjeći."
—**Pero vosotras, las mujeres, no quisisteis escucharme,
¿verdad?**
"Ali vi žene niste me htjele slušati, zar ne?"
**Gregor se dio cuenta rápidamente de cómo vería las cosas su
padre.**
Gregor je brzo shvatio kako će njegov otac vidjeti stvari.
**Había malinterpretado el mensaje demasiado breve de
Grete.**
Pogrešno je protumačio Gretinu prekratku poruku.
Supuso que Gregor había cometido algún acto de violencia.
Pretpostavio je da je Gregor počinio neko nasilje.
**Gregor tenía que encontrar una manera de apaciguar a su
padre de alguna manera.**
Gregor je morao pronaći način da nekako umiri oca.
Porque no tuvo tiempo de explicarle las cosas.
Jer nije imao vremena da mu objasni stvari.
Pero de todos modos no habría podido explicar las cosas.
Ali ionako ne bi bio u stanju objasniti stvari.
Entonces huyó hacia la puerta y se pegó a ella.
Zato je pobjegao prema vratima i pritisnuo se uz njih.
De esa manera su padre podría verlo desde la antesala.
Tako ga je otac mogao vidjeti iz predsoblja.
Y podría ver que tenía las mejores intenciones.
I mogao bi vidjeti da ima najbolje namjere.
No había necesidad de empujarlo con una escoba.
Nije bilo potrebe gurati ga natrag metlom.
**Lo único que el padre habría tenido que hacer era abrir la
puerta.**
Sve što je otac trebao učiniti bilo je otvoriti vrata.
Pero él no estaba de humor para notar tales sutilezas.
Ali nije bio raspoložen primjećivati takve suptilnosti.
"¡Ahí estás!" exclamó nada más entrar.
"Evo vas!" uzviknuo je čim je ušao.
Era como si estuviera enojado y feliz al mismo tiempo.
Kao da je bio ljut i sretan u isto vrijeme.
Echó la cabeza hacia atrás y miró al padre.

Zabacio je glavu unatrag i pogledao oca.

No se había imaginado que su padre estuviera allí así.

Nije zamišljao svog oca kako stoji ondje ovako.

Pero en los últimos tiempos había encontrado una nueva distracción.

Ali u posljednje vrijeme pronašao je novu distrakciju.

Gatear ahora ocupaba gran parte de su día.

Puzanje uokolo sada mu je zauzimalo velik dio dana.

Antes, él estaba al tanto de todas las novedades que ocurrían en el apartamento.

Prije je pratio sve novosti u stanu.

Pero últimamente no había estado prestando tanta atención.

Ali u posljednje vrijeme nije obraćao toliko pažnje.

Debería haber estado preparado para afrontar los cambios.

Trebao je biti spreman na promjene.

Sin embargo, ¿era este hombre que tenía delante todavía el padre?

Ipak, je li ovaj čovjek pred njim još uvijek bio otac?

¿Era él el mismo hombre que solía yacer cansado en su cama?

Je li to bio isti čovjek koji je nekada umoran ležao u krevetu?

Cuando Gregor ya se había ido de viaje de negocios.

Kad je Gregor već otišao na poslovni put.

¿Era él el mismo hombre que lo saludaba por las noches?

Je li to bio isti čovjek koji ga je dočekivao navečer?

Cuando estaba en bata en su sillón.

Kad je bio u kućnoj haljini u svojoj fotelji.

¿Era el mismo hombre que no pudo levantarse a darle la bienvenida?

Je li to bio isti čovjek koji nije mogao ustati da ga dočeka?

Entonces, permaneciendo sentado, levantó el brazo en señal de alegría.

Dakle, ostajući sjedeći, podigao je ruku u znak radosti.

¿Era el mismo hombre con el que salía a caminar de vez en cuando?

Je li to bio isti čovjek s kojim je povremeno išao u šetnje?

En raras ocasiones: algunos domingos al año o días festivos.

U rijetkim prilikama: nekoliko nedjelja godišnje ili blagdani.

¿Era el mismo hombre que caminaba envuelto en su abrigo?

Je li to bio isti čovjek koji je hodao, omotan kaputom?

¿Avanzó lentamente, entre la madre y él?

Je li se polako pomicao naprijed, između majke i njega?

Y ellos ya caminaban lentamente por causa de él.

I već su polako hodali zbog njega.

Pero ahora este hombre estaba de pie, fuerte y erguido.

Ali sada je ovaj čovjek stajao snažno i uspravno.

Estaba vestido con un uniforme azul con botones dorados.

Bio je odjeven u plavu uniformu sa zlatnim gumbima.

Botones que llevan los empleados de las instituciones bancarias.

Gumbi koje nose službenici bankarskih institucija.

Por encima del rígido cuello emergía su fuerte papada.

Iznad krutog ovratnika nazirala se njegova snažna dvostruka brada.

Bajo sus pobladas cejas se asomaban sus ojos negros.

Ispod gustih obrva gledale su mu crne oči.

Ahora sus ojos parecían penetrantes, frescos y alertas.

Sada su mu oči izgledale prodorno, svježe i budno.

El cabello blanco, anteriormente despeinado, fue peinado hacia abajo.

Prethodno raščupana bijela kosa bila je počešljana prema dolje.

Y su cabello ahora tenía una meticulosa raya central.

A kosa mu je sada imala pedantno izrađen razdjeljak u sredini.

Arrojó su sombrero, que estaba adornado con un monograma dorado.

Bacio je šešir, na kojem je bio pričvršćen zlatni monogram.

Probablemente era el monograma del banco en el que trabajaba.

Vjerojatno je to bio monogram banke za koju je radio.

Y el sombrero aterrizó en el sofá, para guardarlo más tarde.

I šešir je sletio na sofu, da ga kasnije pospremi.

Empujó hacia atrás la parte inferior de la larga chaqueta del uniforme.

Zavukao je donji dio duge uniformne jakne.

Y metió los pulgares en los bolsillos de sus pantalones.

I stavio je palčeve u džepove hlača.

Y luego, con cara sombría, caminó hacia Gregor.

A onda je, s turobnim izrazom lica, krenuo prema Gregoru.

Probablemente ni siquiera sabía lo que planeaba hacer.

Vjerojatno nije ni znao što planira učiniti.

Pero aún así levantó los pies inusualmente alto.

Ali ipak je podigao noge neobično visoko.

Gregor estaba asombrado por el enorme tamaño de sus botas.

Gregora je zadivila ogromna veličina njegovih čizama.

Pero realmente no había tiempo para maravillarse con sus zapatos.

Ali zaista nije bilo vremena za divljenje njegovim cipelama.

El padre había decidido aplicar una disciplina muy estricta.

Otac se odlučio za vrlo strogu disciplinu.

Para Gregor sólo era apropiada la mayor severidad.

Za Gregora je bila primjerena samo najveća strogost.

Él lo sabía desde el primer día de su transformación.

Znao je to od prvog dana svoje transformacije.

Corrió hacia su padre y se detuvo cuando él se detuvo.

Potrčao je do oca i stao kad se ovaj zaustavio.

Corrió hacia él nuevamente cuando se movió de nuevo.

Ponovno je pojurio prema njemu kad se ovaj ponovno pomaknuo.

El padre se detuvo un momento y Gregor también.

Otac je na trenutak zastao, kao i Gregor.

Y corrió hacia adelante nuevamente tan pronto como su padre se movió.

I ponovno je jurnuo naprijed čim se njegov otac pomaknuo.

De esta manera dieron varias vueltas alrededor de la habitación.

Na taj su način nekoliko puta kružili po sobi.

Nadie había conseguido aún ninguna ventaja decisiva.

Nitko još nije stekao odlučujuću prednost.
No se podría haber tenido la impresión de una persecución.
Nije se mogao steći dojam potjere.
Porque todo el acontecimiento se estaba produciendo demasiado lentamente.
Jer se cijeli događaj odvijao previše sporo.
Gregor había decidido quedarse en tierra.
Gregor je odlučio da će ostati na zemlji.
Podría haber corrido por las paredes y a lo largo del techo.
Mogao je trčati uz zidove i uz strop.
Pero no quería provocar al padre innecesariamente.
Ali nije htio nepotrebno provocirati oca.
Una huida así podría haber parecido especialmente perversa.
Takav bijeg mogao se činiti posebno opakim.
Gregor admitió que esta persecución no podía durar mucho más.
Gregor je priznao da ova potjera ne može još dugo trajati.
Cada paso debía ir acompañado de una miríada de movimientos.
Svaki korak morao je biti popraćen mnoštvom pokreta.
Ya empezaba a sentir falta de aire.
Već je počeo osjećati nedostatak daha.
Incluso antes nunca había tenido unos pulmones completamente confiables.
Čak ni prije nije imao potpuno pouzdana pluća.
Avanzó tambaleándose, guardando sus fuerzas para la carrera.
Teturao je naprijed, čuvajući snage za trčanje.
Estaba tan cansado que apenas podía mantener los ojos abiertos.
Bio je toliko umoran da je jedva mogao držati oči otvorene.
Sus pensamientos se volvieron demasiado lentos para pensar en otras escapatorias.
Njegove su misli postale previše spore da bi razmišljao o drugim bijegovima.
Casi había olvidado que los muros estaban a su disposición.
Gotovo je zaboravio da su mu zidovi dostupni.

Pero de todos modos las paredes estaban ocultas detrás de los muebles.

Ali zidovi su ionako bili skriveni iza namještaja.

Y los muebles tenían demasiadas muescas y protuberancias.

A namještaj je imao previše zareza i izbočina.

Y luego, justo a su lado, rodando, había una manzana.

A onda, odmah pored njega, kotrljajući se, nalazila se jabuka.

La manzana debió haberle sido arrojada, se dio cuenta.

Jabuka je vjerojatno bačena na njega, shvatio je.

Pero no tuvo tiempo de pensar antes de que llegara otra manzana.

Ali nije imao vremena razmišljati prije nego što je stigla još jedna jabuka.

Gregor se quedó paralizado por la nueva estrategia del padre.

Gregor se ukočio od šoka zbog očeve nove strategije.

Ya no podía ganar nada intentando huir.

Više nije mogao ništa dobiti pokušajem bijega.

El padre había decidido bombardearlo con fruta.

Otac je odlučio da ga zasu voćem.

Se había llenado los bolsillos con lo que había en el frutero de la cocina.

Napunio je džepove iz kuhinjske zdjele s voćem.

Sin apuntar especialmente, lanzó manzana tras manzana.

Bez posebnog ciljanja, bacao je jabuku za jabukom.

Estas pequeñas manzanas rojas rodaban por el suelo.

Ove male crvene jabuke kotrljale su se po tlu.

Como si estuvieran electrificadas, las manzanas chocaron entre sí.

Kao naelektrizirane, jabuke su se sudarale jedna o drugu.

Una de las manzanas lanzadas débilmente rozó la espalda de Gregor.

Jedna od slabo bačenih jabuka okrznula je Gregorova leđa.

Afortunadamente para él, la manzana se deslizó sin sufrir daño.

Srećom po njega, ta je jabuka skliznula bez ikakvih problema.

Sin embargo, la manzana lanzada después fue más precisa.

Međutim, jabuka bačena nakon toga bila je preciznija.

Y esta manzana se alojó profundamente en la espalda de Gregor.

I ova se jabuka zabila duboko u Gregorova leđa.

Gregor quería alejarse del dolor.

Gregor se htio odmaknuti od boli.

Quizás se pueda escapar de este nuevo e increíble dolor.

Možda bi se mogla izbjeći ova nova, nevjerojatna bol.

Quizás un cambio de ubicación aliviaría su agonía.

Možda bi promjena mjesta ublažila njegovu agoniju.

Pero se sentía como si lo hubieran clavado al suelo.

Ali osjećao se kao da je prikovan za pod.

Se estiró, pero sólo debido a su confusión.

Istegnuo se, ali samo zbog svoje zbunjenosti.

Sólo con su última mirada vio que la puerta se abría.

Tek je posljednjim pogledom vidio kako se vrata otvaraju.

La madre corrió hacia su hermana, que gritaba.

Majka je istrčala pred vrišteću sestru.

La hermana la había desnudado, por lo que estaba en camisa.

Sestra ju je svukla, pa je bila u košulji.

Había necesitado respirar en su inconsciencia.

Trebala joj je predaha u nesvijesti.

Todavía veía cómo la madre corría hacia el padre.

Još je vidio kako je majka trčala prema ocu.

Sus faldas se deslizaron hasta el suelo, una tras otra.

Suknje su joj klizile na tlo, jedna za drugom.

La vio acercarse al padre y tropezar con su falda.

Vidio ju je kako prilazi ocu i spotiče se o suknju.

Abrazándolo, pidió que le perdonaran la vida a Gregor.

Zagrlivši ga, zamolila je da se Gregoru poštedi život.

En completa unión con su cuerpo, su vista falló.

U potpunom sjedinjenju sa svojim tijelom, vid mu je otkazao.

Tercera parte
Treći dio

Gregor sufrió la grave lesión durante más de un mes.
Gregor je patio od teške ozljede više od mjesec dana.
La manzana quedó incrustada; nadie se atrevió a sacarla.
Jabuka je ostala ugrađena; nitko se nije usudio izvaditi je.
La manzana permaneció en su carne como un recordatorio visible.
Jabuka je ostala u njegovom tijelu kao vidljivi podsjetnik.
Pero la manzana también sirvió como recordatorio para el padre.
Ali jabuka je također poslužila kao podsjetnik ocu.
Se dio cuenta de que no debía tratar a Gregor como a un enemigo.
Shvatio je da se Gregor ne smije tretirati kao neprijatelj.
Actualmente su apariencia puede ser triste y repugnante.
Trenutno bi njegov izgled mogao biti tužan i odvratan.
Pero aún así, seguía siendo un miembro de su familia.
Ali unatoč tome, on je i dalje bio član njihove obitelji.
Había que aceptar la reticencia y tolerarla.
Nevoljkost se morala progutati i tolerirati.
Debido a su herida, es posible que haya perdido su movilidad para siempre.
Zbog rane, mogao bi zauvijek izgubiti pokretljivost.
Todavía gateaba por su habitación, pero mucho más lento.
Još je uvijek puzao po svojoj sobi, ali puno sporije.
Arrastrarse a cualquier altura estaba fuera de cuestión.
Puzanje na bilo kojoj visini nije dolazilo u obzir.
Pero Gregor recibió algún tipo de compensación.
Ali Gregor je ipak primio neku vrstu odštete.
Por la noche se le abrió la puerta del salón.
Navečer su mu se otvorila vrata dnevne sobe.
Y consideró que estas reparaciones eran completamente adecuadas.
I smatrao je da su te reparacije potpuno adekvatne.
Antes del anochecer ya había empezado a vigilar la puerta.

Prije večeri već je počeo promatrati vrata.

Él yacía en la oscuridad, invisible desde la sala de estar.

Ležao je u mraku, nevidljiv iz dnevne sobe.

Pudo ver a toda la familia en la mesa iluminada.

Mogao je vidjeti cijelu obitelj za osvijetljenim stolom.

Ahora se le permitió escuchar sus conversaciones.

Sada mu je bilo dopušteno slušati njihove razgovore.

Esto fue bastante diferente a su arreglo anterior.

Ovo je bilo sasvim drugačije od njihovog prethodnog dogovora.

Las animadas conversaciones de tiempos pasados habían terminado.

Živahni razgovori iz ranijih vremena bili su završeni.

Éstas eran las conversaciones que tanto anhelaba.

To su bili razgovori za kojima je nekada čeznuo.

Cuando dormía solo en pequeñas habitaciones de hotel.

Kad je spavao sam u malim hotelskim sobama.

Cuando tuvo que arrojarse entre las sábanas húmedas.

Kad se morao baciti u vlažnu posteljinu.

Pero ahora las tardes eran en su mayoría tranquilas y sin acontecimientos.

Ali večeri su sada uglavnom bile tihe i bez događaja.

El padre se quedó dormido en su sillón después de cenar.

Otac je zaspao u svojoj fotelji nakon večere.

Y la madre y la hermana se animaban mutuamente a guardar silencio.

I majka i sestra su se međusobno nagovarale da budu tihe.

La madre, inclinada hacia la luz, cosía lino.

Majka, nagnuta daleko nad svjetlom, šila je lan.

Ahora ella hace vestidos para una de las tiendas de moda.

Sada je šila haljine za jednu od modnih trgovina.

Al igual que Gregor, la hermana había conseguido un trabajo como vendedora.

Kao i Gregor, sestra se zaposlila kao prodavačica.

Ella estaba aprendiendo taquigrafía y francés por las tardes.

U večernjim satima učila je stenografiju i francuski.

Para que más adelante pudiera tal vez conseguir un mejor puesto de trabajo.

Kako bi kasnije možda mogla dobiti bolji posao.

A veces el padre se despertaba de sus siestas nocturnas.

Ponekad se otac budio iz večernjeg drijemanja.

"¡Cariño, ya llevas un buen rato cosiendo hoy!"

"Draga, danas već tako dugo šiješ!"

Parecía haber olvidado que había estado durmiendo.

Činilo se kao da je zaboravio da je spavao.

Pero inmediatamente volvió a caer en un sueño profundo.

Ali odmah se ponovno vratio u san.

Y la madre y la hermana se sonrieron cansadamente.

I majka i sestra umorno su se nasmiješile jedna drugoj.

El padre había desarrollado una extraña y nueva terquedad.

Otac je razvio čudnu novu tvrdoglavost.

Incluso en casa se negó a quitarse el uniforme de sirviente.

Čak i kod kuće odbijao je skinuti svoju slušku uniformu.

Y su bata colgaba inútilmente en la percha.

A njegov kućni ogrtač beskorisno je visio na vješalici.

Así pues, el padre dormía, completamente vestido, en su sillón.

Tako je otac spavao, potpuno odjeven, u svojoj fotelji.

Era como si siempre estuviera dispuesto a prestar su servicio.

Kao da je uvijek bio spreman uslužiti se.

Como si estuviera esperando la voz de su superior.

Kao da je samo čekao glas svog nadređenog.

Esto provocó que su uniforme perdiera su limpieza.

Zbog toga je njegova uniforma izgubila čistoću.

Aunque el uniforme tampoco era nuevo cuando lo recibió.

Iako ni uniforma nije bila nova kad ju je dobio.

Y la madre hizo todo lo posible para cuidar el uniforme.

I majka se svim silama brinula za uniformu.

Gregor pasaba tardes enteras mirando este uniforme.

Gregor je provodio cijele večeri gledajući tu uniformu.

Observó cómo el anciano dormía de manera muy incómoda.

Promatrao je kako starac vrlo neugodno spava.

Pero mientras dormía también notó algo pacífico.

Ali u snu je primijetio i nešto mirno.
Cuando el reloj dio las diez la madre intentó despertarlo.
Kad je sat otkucao deset, majka ga je pokušala probuditi.
Ella habló en voz baja y lo convenció de ir a la cama.
Tiho je govorila i nagovorila ga da ode u krevet.
Porque dormir en el sillón no era dormir de verdad.
Jer spavanje na fotelji nije bio pravi san.
Iba a tener que empezar a trabajar a las seis en punto.
Morao je početi raditi u šest sati.
Así que realmente necesitaba dormir lo mejor posible.
Dakle, stvarno mu je trebao najbolji mogući san.
Pero una nueva forma de terquedad se apoderó de él.
Ali obuzeo ga je novi oblik tvrdoglavosti.
Convertirse en sirviente había comenzado a tener ese efecto en él.
To što je postao sluga počelo je imati taj učinak na njega.
Así que siempre insistía en quedarse más tiempo en la mesa.
Zato je uvijek inzistirao da ostane dulje za stolom.
Aunque con regularidad volvía a quedarse dormido en su silla.
Iako je redovito opet zaspao u svojoj stolici.
Y sólo con la mayor dificultad pudo ser movido.
I mogao se pomaknuti samo uz najveće muke.
Tuvieron que decirle que la cama sería mejor para él.
Morali su mu reći da će mu krevet biti bolji.
Madre y hermana tuvieron que insistir con pequeñas advertencias.
Majka i sestra morale su inzistirati uz mala upozorenja.
Durante quince minutos se limitó a menear lentamente la cabeza.
Petnaest minuta je samo polako odmahivao glavom.
Y mantuvo los ojos cerrados y se negó a levantarse.
I držao je oči zatvorene i odbijao je ustati.
La madre tiró de su manga, suavemente, pero con firmeza.
Majka ga je povukla za rukav, nježno, ali odlučno.
Y ella susurró palabras halagadoras en sus oídos cansados.
I šaptala mu je laskave riječi na umorne uši.

La hermana abandonó la tarea que tenía entre manos para ayudar a su madre.

Sestra je napustila posao koji je obavljala kako bi pomogla majci.

Pero ninguno de sus esfuerzos funcionó con el padre.

Ali nijedan njihov napor nije djelovao na oca.

Se hundió aún más en su silla, preparado para dormir.

Još dublje je utonuo u stolicu, spreman zaspati.

Y finalmente las mujeres lo agarraron por las axilas.

I konačno su ga žene uhvatile ispod pazuha.

Abrió los ojos y los miró alternativamente.

Otvorio je oči i naizmjenično ih gledao.

"¡Qué vida ésta!" se quejó al irse a dormir.

„Kakav je ovo život", požalio se odlazeći u krevet.

"¿Es esta la paz que me ha sido dada en mi vejez?"

"Je li ovo mir koji mi je dan u starosti?"

Pero entonces, apoyándose en las dos mujeres, se levantó torpemente.

Ali onda, oslanjajući se na dvije žene, nespretno se digao.

Actuó como si llevara la carga más pesada.

Ponašao se kao da nosi najteži teret.

Dejó que las dos mujeres lo guiaran hasta el final de la habitación.

Pustio je da ga dvije žene odvedu do kraja sobe.

Allí les deseó buenas noches y continuó su camino.

Tamo im je poželio laku noć i nastavio sam.

Pero la madre rápidamente arrojó su kit de costura.

Ali majka je brzo bacila svoj pribor za šivanje.

Y la hermana también dejó el bolígrafo y el bloc de notas.

I sestra je također spustila olovku i notes.

Y corrieron detrás del padre para ayudarle aún más.

I trčali su za ocem kako bi mu dodatno pomogli.

¿Quién en esta familia sobrecargada de trabajo tenía tiempo para Gregor?

Tko je u ovoj preopterećenoj obitelji imao vremena za Gregora?

¿Quién podría haberle prestado más atención de la necesaria?

Tko mu je mogao posvetiti više pažnje nego što je bilo potrebno?

El presupuesto familiar se fue restringiendo cada vez más.

Kućni budžet postajao je sve ograničeniji.

Al final, para ahorrar dinero, tuvieron que despedir a la criada.

Na kraju su, kako bi uštedjeli novac, morali otpustiti sobaricu.

Fue reemplazada por una mujer de cabello blanco y huesos gruesos.

Zamijenila ju je krupnokošna žena sijede kose.

Pero esta mujer venía sólo por la mañana y por la tarde.

Ali ova žena je dolazila samo ujutro i navečer.

Y todo el trabajo más pesado y duro quedó guardado para ella.

I sav najteži i najteži posao bio je sačuvan za nju.

La madre se encargaba de todos los demás quehaceres.

Za sve ostale poslove brinula se majka.

Incluso ocurrió que se vendieron varias joyas familiares.

Događalo se čak da su se prodavali razni obiteljski dragulji.

Joyas que las mujeres lucieron felizmente durante las celebraciones.

Nakit koji su žene rado nosile tijekom proslava.

Gregor aprendió esto en una de las discusiones generales.

Gregor je to saznao iz jedne od općih rasprava.

La mayor queja, sin embargo, fue otra.

Najveća zamjerka, međutim, bila je nešto drugo.

El apartamento era demasiado grande, pero no podían mudarse.

Stan je bio prevelik, ali nisu se mogli iseliti.

No había manera de que pudieran reubicar a Gregor.

Nije bilo šanse da su mogli preseliti Gregora.

Pero Gregor se dio cuenta de que no era sólo una consideración.

Ali Gregor je shvatio da to nije bila samo obzirnost.

Algo más les impidió mudarse a otro lugar.

Nešto drugo ih je sprječavalo da se presele negdje drugdje.
Podría haber sido fácilmente transportado en una caja adecuada.
Lako se mogao prevesti u prikladnoj kutiji.
Sus sentimientos de completa desesperanza los frenaron.
Osjećaji potpune beznađa su ih sputavali.
No querían admitir que la desgracia les había golpeado.
Nisu htjeli priznati da ih je zadesila nesreća.
Lo que el mundo exige de los pobres, ellos lo cumplen.
Ono što svijet zahtijeva od siromašnih ljudi, oni su ispunili.
El padre le preparó el desayuno al pequeño empleado del banco.
Otac je donio doručak za malog bankarskog službenika.
La madre se sacrificó por la ropa de desconocidos.
Majka se žrtvovala za pranje rublja stranaca.
La hermana corría de un lado a otro para atender los pedidos de los clientes.
Sestra je trčala naprijed-natrag po narudžbe kupaca.
Pero ya no tenían fuerzas para hacer más.
Ali jednostavno nisu imali snage za više od toga.
La herida en la espalda de Gregor comenzó a doler aún más.
Rana na Gregorovim leđima počela je još jače boljeti.
Cada noche, la madre y la hermana llevaban al padre a la cama.
Svake noći majka i sestra su dovodile oca u krevet.
Dejaron su trabajo donde estaba y se sentaron juntos.
Ostavili su svoj posao gdje je bio i sjeli zajedno.
Y se acercaron más y se sentaron mejilla contra mejilla.
I približili su se jedno drugome i sjeli obraz uz obraz.
La madre señaló la habitación desde donde él observaba.
Majka je pokazala na sobu odakle je on promatrao.
"¿Podrías cerrar la puerta?" le preguntó a la hermana.
„Možeš li zatvoriti vrata?“, upitala je sestru.
Y entonces Gregor se quedó solo otra vez en la oscuridad.
I tada je Gregor opet ostao sam u mraku.
Y en la habitación de al lado la mujer mezcló sus lágrimas.
A u susjednoj sobi žena je pomiješala njihove suze.

O bien se quedaban sentados con los ojos secos,
simplemente mirando la mesa.

Ili su sjedili suhih očiju, samo zureći u stol.

Gregor apenas durmió, ni de noche ni de día.

Gregor gotovo uopće nije spavao, ni noću ni danju.

A menudo pensaba en cómo podría ayudar a la familia.

Često je razmišljao o tome kako bi mogao pomoći obitelji.

Pensó en ganar dinero nuevamente para ellos.

Razmišljao je o tome kako bi im ponovno zaradio novac.

Pensó en hacer lo que solía hacer por ellos.

Razmišljao je o tome da učini ono što je prije radio za njih.

En sus pensamientos regresó el representante autorizado.

U mislima se vratio ovlašteni predstavnik.

Y esta vez el jefe también vino al apartamento.

I ovaj put je i šef došao u stan.

Y los oficinistas y los aprendices también estaban allí.

I činovnici i šegrti su također bili tamo.

Incluso el lento empleado de la oficina vino a verlo.

Čak ga je i spori uredski sluga došao vidjeti.

Había dos o tres amigos de otros negocios.

Bila su dva ili tri prijatelja iz drugih tvrtki.

Una de las camareras de un hotel de provincias.

Jedna od sobarica iz hotela u provinciji.

Un recuerdo querido y fugaz al que intentó aferrarse.

Draga i prolazna uspomena koju je pokušavao zadržati.

Una cajera de una sombrerería para quien tenía intenciones.

Blagajnica iz trgovine šeširima za koju je imao namjere.

Pero había sido un poco lento en ganar su aprobación.

Ali bio je malo prespor da bi dobio njezino odobravanje.

Todos ellos aparecieron en sus pensamientos, mezclados con
desconocidos.

Svi su se pojavili u njegovim mislima, pomiješani sa strancima.

Y otros no aparecieron, ya estaban olvidados.

A drugi se nisu pojavili; već su bili zaboravljeni.

Pero no le ayudaron a él ni tampoco a la familia.

Ali nisu mu pomogli, niti su pomogli obitelji.

Eran inaccesibles y él se alegró cuando se fueron.

Bili su nedostupni, i bio je sretan kad su otišli.
No siempre estaba de humor para preocuparse por la familia.
Nije uvijek bio raspoložen brinuti se za obitelj.
Y se llenó de rabia por la falta de atención.
I bio je ispunjen bijesom zbog nedostatka pažnje.
Y no podía imaginar nada que le apeteciera.
I nije mogao zamisliti ništa što bi mu se svidjelo.
Pero aún así hizo planes para entrar en la despensa.
Ali je i dalje kovao planove za provalu u ostavu.
Y él iba a tomar todo lo que se merecía.
I namjeravao je uzeti sve što je zaslužio.
La hermana ya no hacía ningún esfuerzo especial por él.
Sestra se više nije posebno trudila za njega.
Ella ya no pasaba el tiempo pensando en complacerlo.
Više nije trošila vrijeme razmišljajući o tome kako mu ugoditi.
Antes de ir a trabajar, rápidamente metió algo de comida en la habitación.
Prije posla brzo je u sobu ugurala nešto hrane.
Y por la noche volvió a barrer rápidamente la comida.
A navečer je opet brzo pomela hranu.
Ya no se daba cuenta de si había comido o no.
Je li jeo ili nije, više nije primjećivala.
En la actualidad, la mayoría de las veces la comida se dejaba intacta.
Sada je hrana češće ostajala netaknuta.
Ella todavía barría rápidamente la habitación por la noche.
Još je navečer brzo prošla kroz sobu.
Pero ahora hizo lo mínimo, lo más rápido posible.
Ali sada je učinila samo najnužnije, što je brže mogla.
Quedaron vetas de suciedad corriendo por las paredes.
Tragovi prljavštine ostali su po zidovima.
Bolas de polvo y basura quedaron tiradas en el suelo.
Kuglice prašine i smeća ostale su ležati na podu.
Gregor mostró su desaprobación por su falta de cuidado.
Gregor je pokazao svoje neodobravanje zbog njezinog nedostatka brige.

Se giró en un ángulo particularmente significativo.
Okrenuo se pod posebno značajnim kutom.
Pero podría haber permanecido en el puesto durante semanas.
Ali mogao je ostati na toj poziciji tjednima.
Su hermana no habría notado su insatisfacción.
Njegova sestra ne bi primijetila njegovo nezadovoljstvo.
Ella veía la suciedad tan bien como él, o incluso mejor.
Vidjela je zemlju jednako dobro kao i on, ako ne i bolje.
Pero ella había decidido dejar la tierra donde estaba.
Ali odlučila je ostaviti zemlju gdje jest.
En ese momento adoptó una sensibilidad completamente nueva.
U to vrijeme usvojila je potpuno novu osjetljivost.
Ella había hecho de la limpieza de la habitación de Gregor su responsabilidad.
Čišćenje Gregorove sobe učinila je svojom odgovornošću.
La familia se sintió conmovida por su amable consideración.
Obitelj je bila dirnuta njezinom ljubaznom pažnjom.
Una vez, la madre le había dado a su habitación una limpieza a fondo.
Jednom je majka temeljito očistila njegovu sobu.
Sólo después de utilizar unos cuantos baldes de agua lo consiguió.
Tek nakon što je potrošila nekoliko kanti vode, uspjela je.
Sin embargo, la nueva humedad en la habitación perjudicó a Gregor.
Međutim, nova vlaga u sobi štetila je Gregoru.
Y él yacía ancho, amargado e inmóvil en el sofá.
I ležao je široko, ogorčeno i nepomično na sofi.
Pero ese fue sólo su primer castigo por ayudar.
Ali to je bila samo njezina prva kazna za pomoć.
La hermana notó rápidamente el cambio en la habitación de Gregor.
Sestra je brzo primijetila promjenu u Gregorovoj sobi.
Y ella corrió a la sala, extremadamente insultada.
I utrčala je u dnevnu sobu, krajnje uvrijeđena.

Su madre levantó las manos y trató de implorarle.

Majka je podigla ruke i pokušala je preklinjati.

Pero a pesar de una explicación sincera, ella rompió a llorar.

Ali unatoč iskrenom objašnjenju, briznula je u plač.

El padre, por supuesto, se sobresaltó y se levantó de la silla.

Otac se naravno trgnuo sa stolca.

Y los dos padres miraban asombrados e impotentes.

A dvoje roditelja su gledali, zapanjeni i bespomoćni.

Y con el tiempo sus emociones también se agitaron.

I na kraju su im se i emocije uzburkale.

El padre reprochó a la madre lo que había hecho.

Otac je prekorio majku zbog onoga što je učinila.

"Deberías haber dejado la habitación para que Grete la limpiara."

"Trebao si ostaviti sobu da Grete očisti."

Grete le gritó a la madre por limpiar su habitación.

Grete je vikala na majku jer mu je čistila sobu.

"¡Nunca más podrás limpiar su habitación!"

"Nikad više ne smiješ čistiti njegovu sobu!"

La madre intentó arrastrar al padre al dormitorio.

Majka je pokušala odvući oca u spavaću sobu.

La hermana se quedó en la habitación, temblando y sollozando.

Sestra je ostala u sobi, tresla se i jecala.

Y golpeó la mesa con sus pequeños puños.

I udarala je po stolu svojim malim šakama.

Y Gregor, enojado, siseó fuertemente contra todos ellos.

I Gregor je glasno siktao od ljutnje na sve njih.

¿Por qué a nadie se le ocurrió cerrarle la puerta?

Zašto nitko nije pomislio zatvoriti vrata za njega?

Podrían haberle ahorrado esta vista y este ruido.

Mogli su ga poštedjeti ovog prizora i buke.

La hermana estaba agotada después de llegar a casa del trabajo.

Sestra je bila iscrpljena nakon što se vratila s posla.

Y cuidar a Gregor era aún más trabajo para ella.

A briga za Gregora bila je za nju još veći posao.

Pero eso no significaba que la madre debía haberlo hecho.

Ali to nije značilo da je majka to trebala učiniti.

A Gregor, por el contrario, no hay que descuidarlo.

Gregora, s druge strane, ne treba zanemariti.

Pero ahora tenían una nueva criada que podía hacer esas cosas.

Ali sada su imali novu sluškinju koja je mogla raditi takve stvari.

Una viuda anciana que tenía una estructura ósea robusta.

Starija udovica koja je imala snažnu koštanu strukturu.

Una estatura que la ayudó a sobrevivir a su difícil vida.

Status koji joj je pomogao da preživi težak život.

Ella no sentía ninguna aversión real hacia la apariencia de Gregor.

Nije osjećala nikakvu stvarnu odbojnost prema Gregorovom izgledu.

Ella había abierto accidentalmente la puerta de la habitación de Gregor.

Slučajno je otvorila vrata Gregorove sobe.

No fue por ninguna curiosidad particular sobre la habitación.

Nije to bilo iz neke posebne znatiželje u vezi sobe.

Ella simplemente estaba haciendo su trabajo y por casualidad abrió la puerta.

Samo je radila svoj posao i slučajno je otvorila vrata.

Gregor, por supuesto, quedó completamente sorprendido por ella.

Gregor je, naravno, bio potpuno iznenađen njome.

No lo perseguían, sino que corría de un lado a otro.

Nisu ga progonili, nego je trčao naprijed-natrag.

Y ella simplemente cruzó sus brazos y lo observó gatear.

I samo je prekrižila ruke i gledala ga kako puže.

Desde entonces ella siempre le abría un poquito la puerta.

Od tada mu je uvijek malo otvorila vrata.

Una mañana ella entró para ver cómo estaba.

Jednog jutra je pogledala da vidi kako je.

Y por la tarde ella fue a ver cómo estaba antes de irse.

A navečer ga je provjerila, prije nego što je otišla.
Al principio ella también intentó llamarlo para que viniera con ella.
Isprva ga je također pokušala dozvati da dođe k njoj.
"¡Ven aquí, viejo escarabajo pelotero!", solía decir.
„Dođi ovamo, stari balegaru!", govorila je.
O ella dijo, "¡mira ese viejo escarabajo pelotero!", amigablemente.
Ili je rekla: "pogledajte starog balegara!", prijateljski.
Gregor nunca reaccionó cuando le hablaron de esa manera.
Gregor nikada nije reagirao kada bi mu se tako obraćalo.
Él permaneció allí, sin moverse, y la ignoró.
Ostao je ondje, nepomičan, i ignorirao ju je.
"Si le hubieran dicho cómo hacer correctamente su trabajo."
"Kad bi joj barem bilo rečeno kako da pravilno obavlja svoj posao."
"En lugar de molestarme debería limpiar mi habitación."
"Umjesto što me gnjavi, trebala bi mi pospremiti sobu."
Una mañana temprano una fuerte lluvia golpeó las ventanas.
Jednom rano ujutro jaka kiša udarila je u prozore.
Quizás la lluvia ya era una señal de la llegada de la primavera.
Možda je kiša već bila znak dolaska proljeća.
La criada comenzó a hablarle de esa manera una vez más.
Sluškinja je ponovno počela s njim razgovarati na taj način.
Gregor estaba tan amargado que se giró para mirarla.
Gregor je bio toliko ogorčen da se okrenuo prema njoj.
Era lento y débil, pero fue una especie de ataque.
Bio je spor i nemoćan, ali to je bio svojevrsni napad.
La criada, sin embargo, no tenía ningún miedo de Gregor.
Sluškinja se, međutim, uopće nije bojala Gregora.
En lugar de eso, levantó una silla que estaba cerca de la puerta.
Umjesto toga, podigla je stolicu koja je bila blizu vrata.
Y ella permaneció allí, tranquilamente, con la boca abierta.
I stajala je ondje, mirno, širom otvorenih usta.
Sus intenciones eran claras, incluso Gregor podía verlo.

Njene su namjere bile jasne, čak je i Gregor to mogao vidjeti.
Y se giró, lentamente, a su posición original.
I okrenuo se, polako, u svoj prvobitni položaj.
—Entonces no quieres acercarte más, ¿verdad?
"Dakle, ne želiš se približiti, zar ne?"
Y silenciosamente volvió a poner la silla en la esquina.
I tiho je vratila stolicu u kut.

Gregor ya casi no comía nada.
Gregor više gotovo ništa nije jeo.
A veces, mientras caminaba por la habitación, se detenía.
Ponekad bi se, šetajući po sobi, zaustavio.
Y se encontró junto a la comida preparada para él.
I našao se pokraj hrane koja mu je bila pripremljena.
Se llevó la comida a la boca, pero sólo para jugar con ella.
Stavio je hranu u usta, ali samo da se igra s njom.
Y muy a menudo lo escupía de nuevo al cabo de unas horas.
I prilično često ga je opet ispljunuo nakon nekoliko sati.
Trató de encontrar una razón para su falta de apetito.
Pokušao je pronaći razlog za svoj nedostatak apetita.
Quizás porque estaba triste por el estado de su habitación.
Možda zato što je bio tužan zbog stanja svoje sobe.
Pero ya se había adaptado a los cambios que se producían en la habitación.
Ali pomirio se s promjenama u sobi.
Recientemente su habitación se había convertido en una especie de almacén.
Nedavno je njegova soba postala neka vrsta skladišta.
Se habían acostumbrado a dejar las cosas allí.
Stekli su naviku ostavljati stvari tamo.
Y ahora quedaban muchas cosas así en su habitación.
I sada je u njegovoj sobi ostalo mnogo takvih stvari.
Porque una habitación del apartamento estaba alquilada.
Jer je jedna soba u stanu bila iznajmljena.
Tres caballeros serios alquilaban la habitación juntos.
Tri ozbiljna gospodina zajedno su iznajmljivala sobu.
Gregor los vio una vez a través de una rendija en la puerta.

Gregor ih je jednom primijetio kroz pukotinu na vratima.
Llevaban barbas pobladas y estaban vestidos meticulosamente.
Imali su pune brade i bili su pedantno odjeveni.
Eran escrupulosos en mantener todo ordenado.
Bili su pedantni u tome da sve bude uredno.
Su insistencia en el orden no se limitaba a su habitación.
Njihovo inzistiranje na urednosti nije se zaustavilo na njihovoj sobi.
Todo el apartamento tenía que mantenerse perfectamente limpio.
Cijeli stan je morao biti savršeno čist.
Eran aún más exigentes con el aspecto de la cocina.
Bili su još izbirljiviji oko izgleda kuhinje.
Y no podían tolerar ningún desorden innecesario.
I nisu mogli tolerirati nikakav nepotreban nered.
También habían traído consigo sus propios muebles.
Također su sa sobom donijeli i vlastiti namještaj.
Por esta razón muchas cosas se habían vuelto superfluas.
Zbog toga su mnoge stvari postale suvišne.
Eran cosas por las que nadie pagaría dinero.
To su bile stvari za koje nitko ne bi platio novac.
Pero la familia tampoco quería deshacerse de estas cosas.
Ali obitelj također nije htjela odbaciti te stvari.
Todas estas cosas fueron a parar a la habitación de Gregor.
Sve su te stvari negdje otišle u Gregorovu sobu.
El cajón de cenizas de la cocina ahora estaba guardado en su habitación.
Kutija za pepeo iz kuhinje sada se nalazila u njegovoj sobi.
Y la basura se guardaba en su habitación hasta el día de la basura.
I smeće je držano u njegovoj sobi do dana odvoza smeća.
La criada arrojó todo lo que no necesitaba en su habitación.
Sluškinja je u njegovu sobu bacila sve što joj nije trebalo.
Afortunadamente no vio más que la mano y el objeto.
Srećom, nije vidio ništa više od ruke i predmeta.

Probablemente tenía la intención de volver a buscar las cosas más tarde.

Vjerojatno se namjeravala vratiti po stvari kasnije.

O tal vez quería tirarlo todo de una vez.

Ili je možda htjela sve odbaciti odjednom.

Sin embargo, todo permaneció donde había quedado al principio.

Međutim, sve je ostalo tamo gdje je i prvo sletjelo.

A menos que Gregor moviera la basura moviéndose a través de ella.

Osim ako Gregor nije pomaknuo smeće provlačeći se kroz njega.

Al principio se vio obligado a arrastrarse entre toda la basura.

Isprva je bio prisiljen puzati kroz svu tu gomilu smeća.

No tenía posibilidad de evitarlo.

Nije bilo mogućnosti da to izbjegne.

Pero más tarde realmente encontró placer en esta actividad.

Ali kasnije je zapravo pronašao zadovoljstvo u toj aktivnosti.

Aunque tal esfuerzo lo dejó triste y profundamente cansado.

Iako ga je takav napor ostavio tužnim i duboko umornim.

Y después no pudo moverse durante muchas horas.

I nakon toga se satima nije mogao pomaknuti.

Los inquilinos a veces comían en la sala de estar.

Podstanari su ponekad jeli u dnevnoj sobi.

La puerta del salón permanecía cerrada esas noches.

Vrata dnevne sobe su tih večeri ostala zatvorena.

Pero a Gregor no le resultó difícil no abrir la puerta.

Ali Gregor nije imao problema da sada ne otvori vrata.

Incluso cuando la puerta estaba abierta, no siempre miraba hacia afuera.

Čak i kad su vrata bila otvorena, nije uvijek gledao van.

Pero él se acostó en el rincón más oscuro de la habitación.

Ali on se legao u najtamniji kut sobe.

La familia tampoco notó su falta de atención.

Ni obitelj nije primijetila njegov nedostatak pažnje.

Pero hubo una vez que la criada dejó la puerta abierta.

Ali jednom je sobarica ostavila vrata otvorena.
La puerta permaneció abierta incluso cuando los inquilinos regresaron.
Vrata su ostala otvorena čak i kad su se podstanari vratili.
Y la puerta estaba abierta cuando se encendió la luz.
I vrata su bila otvorena kad se svjetlo upalilo.
El hombre se sentó a la mesa donde la familia cenaba.
Čovjek je sjedio za stolom gdje je obitelj večerala.
Allí se sentaron en el pasado el padre, la madre y Gregor.
Otac, majka i Gregor sjedili su ondje u ranijim vremenima.
Desplegaron las servilletas y cogieron cuchillos y tenedores.
Razmotali su salvete i uzeli noževe i vilice.
La madre apareció en la puerta con un plato de carne.
Majka se pojavila na vratima sa zdjelom mesa.
Entonces la hermana entró con un cuenco lleno de patatas.
Tada je sestra ušla sa zdjelom punom krumpira.
Los inquilinos se inclinaron sobre los cuencos colocados delante de ellos.
Podstanari su se sagnuli nad zdjelama postavljenim pred njih.
El humo denso de la comida les llegaba hasta la nariz.
Gusti dim od hrane dizao im se do nosa.
Pero aún no habían decidido si comerían la comida.
Ali još nisu odlučili hoće li pojesti hranu.
Quizás enviarían la comida de vuelta a la cocina.
Možda bi poslali obrok natrag u kuhinju.
El hombre sentado en el medio parecía ser la autoridad.
Čovjek koji je sjedio u sredini činio se autoritetom.
Cortó la carne para determinar si estaba lo suficientemente tierna.
Rezao je meso kako bi provjerio je li dovoljno mekano.
Estaba satisfecho con el olor y el aspecto de la comida.
Bio je zadovoljan kako je hrana mirisala i izgledala.
La madre y la hermana los observaban ansiosamente.
Majka i sestra su ih zabrinuto promatrale.
Y empezaron a sonreír con un suspiro de alivio.
I počeli su se smiješiti s uzdahom sve većeg olakšanja.
La propia familia iba a comer en la cocina.

Obitelj je sama namjeravala jesti u kuhinji.

Pero primero el padre fue a ver cómo estaban los inquilinos.

Ali prvo je otac otišao provjeriti podstanare.

Hizo una reverencia, sosteniendo en su mano su gorra de trabajo.

Naklonio se jednom, držeći u ruci kapu s posla.

Y caminó en círculo alrededor de la mesa, hacia cada invitado.

I obišao je krug oko stola, do svakog gosta

Todos los inquilinos se pusieron de pie y murmuraron algo entre dientes.

Svi podstanari su ustali, mrmljajući u brade.

Después de que él se fue, comieron en un silencio casi absoluto.

Nakon što je otišao, jeli su u gotovo potpunoj tišini.

A Gregor le pareció extraño que pudiera oír la masticación.

Gregoru se činilo čudnim što čuje žvakanje.

Ningún otro aspecto de la alimentación parecía emitir ningún sonido.

Nijedan drugi aspekt jedenja nije se činio čujnim.

Pero podía oír claramente el rechinar de los dientes.

Ali je jasno čuo škripanje zuba.

Parecían decirle que necesitaba dientes para comer.

Činilo se kao da mu govore da mu trebaju zubi za jelo.

"No puedes hacer nada si tus mandíbulas no tienen dientes".

"Ne možeš ništa učiniti ako ti čeljust nema zuba."

"Me gustaría comer algo", dijo Gregor ansiosamente.

„Želio bih nešto pojesti", reče Gregor zabrinuto.

"Pero no tengo apetito para lo que están comiendo".

"Ali nemam apetita za ono što svi vi jedete."

"Mira cómo comen estos huéspedes y yo aquí muriéndome de hambre".

"Pogledajte kako ovi podstanari jedu, a ja umirem od gladi."

Aquella noche Gregor pensó por casualidad en el violín.

Gregor je te večeri slučajno pomislio na violinu.

No había oído el violín desde la transformación.

Nije čuo violinu od transformacije.

Pero entonces, esta noche, se oyó un ruido desde la cocina.
Ali onda, te večeri, iz kuhinje se začuo zvuk.
Los caballeros ya habían terminado su cena.
Gospoda su već završila s večerom.
El caballero del medio había comenzado a leer un periódico.
Srednji gospodin je počeo čitati novine.
Les había dado a los otros dos caballeros una hoja a cada uno.
Drugoj dvojici gospode dao je po jedan list.
Y ahora estaban recostados, leyendo y fumando.
A sada su se zavalili, čitali i pušili.
Cuando el violín empezó a sonar, se pusieron atentos.
Kad je violina zasvirala, postali su pažljivi.
Se levantaron y caminaron de puntillas hacia la puerta de la antesala.
Ustali su i na prstima krenuli prema vratima predsoblja.
Allí estaban, acurrucados juntos, escuchando desde la puerta.
Ovdje su stajali zbijeni jedno uz drugo, osluškujući na vratima.
La familia debió haber escuchado a los hombres desde la cocina.
Obitelj je vjerojatno čula muškarce iz kuhinje.
Porque el padre los llamó y les preguntó;
Jer ih je otac pozvao i upitao;
¿Acaso el violín resulta incómodo para los caballeros?
"Je li violina možda neudobna za gospodu?"
"Si no te gusta la música podemos parar inmediatamente."
"Ako ti se ne sviđa glazba, možemo odmah stati."
"Al contrario", dijo el centro de los caballeros.
„Naprotiv", reče srednji od gospode.
"¿Le gustaría a la señorita tocar el violín en nuestra habitación?"
"Bi li mlada dama htjela svirati violinu u našoj sobi?"
"Definitivamente es mucho más cómodo y acogedor aquí".
"Ovdje je definitivno puno ugodnije i ugodnije."
El padre respondió como si fuera el propio violinista.
Otac je odgovorio kao da je sam violinist.

"Oh, por favor, eso sería maravilloso", exclamó el padre.
„O, molim vas, to bi bilo divno“, uzviknuo je otac.
Los caballeros regresaron a la sala de estar y esperaron.
Gospoda su se vratila u dnevnu sobu i čekala.
Pronto el padre entró en la habitación con el atril.
Ubrzo je otac ušao u sobu s notnim stalkom.
La madre entró en la habitación con el libro de música.
Majka je ušla u sobu s notnom knjigom.
Y la hermana entró en la habitación con el violín.
I sestra je ušla u sobu s violinom.
Ella preparó todo con calma para tocar el violín.
Mirno je sve pripremila za sviranje violine.
Los padres exageraron su cortesía y modales.
Roditelji su pretjerivali u svojoj pristojnosti i manirama.
Nunca antes habían alquilado habitaciones a huéspedes.
Nikada prije nisu iznajmljivali sobe podstanarima.
Y ni siquiera se atrevieron a sentarse en sus propias sillas.
I nisu se usudili čak ni sjesti na vlastite stolice.
En lugar de sentarse, el padre se apoyó contra la puerta.
Umjesto da sjedne, otac se naslonio na vrata.
Su mano derecha estaba entre dos botones de su abrigo.
Desna ruka mu je bila između dva gumba kaputa.
Sin embargo, un caballero le ofreció una silla a la madre.
Majci je, međutim, jedan gospodin ponudio stolicu.
Pero ella se sentó donde el caballero había colocado la silla.
Ali sjela je tamo gdje je gospodin postavio stolicu.
Y no había colocado la silla en ningún lugar determinado.
I nije postavio stolicu nigdje posebno.
Así que la madre se sentó apartada de todos, en un rincón.
Tako je majka sjedila odvojeno od svih, u kutu.
Y finalmente la hermana empezó a tocar el violín.
I konačno je sestra počela svirati violinu.
Los padres, en lados opuestos, prestaron mucha atención.
Roditelji, sa suprotnih strana, pomno su pratili.
Y observaban atentamente cada movimiento de su mano.
I pažljivo su pratili svaki pokret njezine ruke.

Gregor también se sentía atraído por la interpretación del violín.
Gregora je privlačilo i sviranje violine.
Y se aventuró a salir de su habitación un poco más lejos.
I odvažio se malo dalje izaći iz svoje sobe.
Él ya estaba con la cabeza dentro de la sala.
Već je bio s glavom u dnevnoj sobi.
Solía enorgullecerse de ser muy considerado.
Jako se ponosio time što je bio vrlo obziran.
Pero últimamente casi no cuestiona su falta de cuidado.
Ali nedavno jedva da je dovodio u pitanje svoj nedostatak brige.
Aunque ahora tenía más motivos para esconderse que antes.
Iako je sada imao više razloga za skrivanje nego prije.
Porque su habitación estaba cubierta de polvo y suciedad diversa.
Jer mu je soba bila prekrivena prašinom i raznom prljavštinom.
El más leve movimiento levantaba todo tipo de suciedad.
Najmanji pokret uzburkao je svakakvu prljavštinu.
Toda esa suciedad se le pegó: polvo, pelo, restos de comida.
Sva ta prljavština se lijepila za njega; prašina, kosa, ostaci hrane.
Podría haber frotado la suciedad contra la alfombra.
Mogao je trljati prljavštinu o tepih.
Esto era algo que solía hacer varias veces al día.
To je nešto što je radio nekoliko puta dnevno.
Pero su indiferencia hacia todo era demasiado grande.
Ali njegova ravnodušnost prema svemu bila je prevelika.
Así que no tuvo miedo de avanzar un poco más.
Stoga se nije bojao krenuti malo dalje.
Y se trasladó al inmaculado suelo de la sala de estar.
I premjestio se na besprijekoran pod dnevne sobe.
Sin embargo, nadie se dio cuenta ni le prestó atención.
Međutim, nitko ga nije primijetio, niti mu je obraćao pažnju.
La familia estaba completamente absorta en el concierto.
Obitelj je bila potpuno zaokupljena koncertom.

Los caballeros, por el contrario, inicialmente se retiraron.

Gospoda su se, s druge strane, isprva povukla.

Y se quedaron cerca, detrás del atril de la hermana.

I stajali su blizu iza sestrinog stalka za note.

Si hubieran mirado habrían podido ver las notas musicales.

Da su pogledali, mogli su vidjeti glazbene note.

Esto, por supuesto, habría perturbado a la hermana.

To bi, naravno, uznemirilo sestru.

Luego se quedaron de pie junto a la ventana, en lugar de sentarse.

Zatim su stali kraj prozora, umjesto da sjednu.

Con las manos en los bolsillos seguían hablando.

S rukama u džepovima nastavili su razgovarati.

Permanecieron allí mientras el padre observaba ansiosamente.

Ostali su ondje dok ih je otac zabrinuto promatrao.

Uno tenía la impresión de que tenían otras expectativas.

Čovjek je imao dojam da su imali drugačija očekivanja.

Y realmente parecía como si se hubieran decepcionado.

I zaista se činilo kao da su razočarani.

Parecía que ya estaban hartos de la actuación.

Izgledalo je kao da im je nastup bio dovoljan.

Habían permitido que el violín perturbara su paz.

Dopustili su da violina poremeti njihov mir.

Y sólo toleraban la música por cortesía.

I glazbu su tolerirali samo iz pristojnosti.

Lo que más me desconcertó fue cómo expulsaron el humo.

Način na koji su otpuhivali dim bio je posebno uznemirujući.

Y aún así, tocaba el violín maravillosamente.

A ipak je tako lijepo svirala violinu.

Su rostro estaba inclinado suavemente hacia un lado, sobre el violín.

Lice joj je bilo blago nagnuto u stranu, na violini.

Sus ojos buscaban con tristeza las líneas musicales.

Očima je tužno pretraživala glazbene linije.

Gregor se sintió atraído un poco más hacia la sala de estar.

Gregor se osjećao još malo povučenim u dnevnu sobu.

Mantuvo la cabeza cerca del suelo, pero miró hacia arriba.
Držao je glavu blizu tla, ali je gledao prema gore.
Tal vez de esta manera la mirada de su hermana podría encontrarse con la suya.
Možda bi se na ovaj način pogled njegove sestre mogao sresti s njegovim očima.
¿Puede realmente decirse que era sólo un animal?
Može li se doista reći da je bio samo životinja?
¿Era un animal si la música podía cautivarlo tanto?
Je li bio životinja ako ga je glazba mogla toliko očarati?
Sintió como si le mostraran un camino hacia una alimentación desconocida.
Osjećao se kao da mu je prikazan put do nepoznate hrane.
Quizás éste era el sustento que le faltaba.
Možda je to bila hrana koja mu je nedostajala.
Estaba decidido a dirigirse hacia su hermana.
Bio je odlučan da krene prema svojoj sestri.
Quería tirar de su falda para llamar su atención.
Htio ju je povući za suknju kako bi privukao njezinu pažnju.
Quería darle una indicación de una invitación.
Htio joj je dati znak poziva.
"Ven a tocar el violín en mi habitación", quiso decir.
„Dođi i sviraj violinu u mojoj sobi“, htio je reći.
Él quería que ella fuera recompensada por su hermosa música.
Želio je da bude nagrađena za svoju prekrasnu glazbu.
"Aquí nadie te recompensa por tocar el violín".
"Nitko te ovdje ne nagrađuje za sviranje violine."
Él ya no quería dejarla salir de su habitación.
Više je nije htio pustiti iz svoje sobe.
Él quería que ella permaneciera con él mientras viviera.
Želio je da ona ostane s njim dok god je živ.
Por primera vez su transformación tuvo un beneficio.
Po prvi put njegova transformacija je imala koristi.
Su deformidad finalmente iba a serle útil.
Njegova deformacija će mu napokon postati korisna.
Quería estar en las cuatro puertas simultáneamente.

Htio je biti na sva četiri vrata istovremeno.
Quería silbarles y escupirles desde todos los ángulos.
Htio je siktati i pljuvati na njih sa svih strana.
Su hermana no debería verse obligada a quedarse con él.
Njegova sestra ne bi trebala biti prisiljena ostati s njim.
Él quería que ella eligiera quedarse con él voluntariamente.
Želio je da ona dobrovoljno odluči ostati s njim.
Ella iba a sentarse a su lado e inclinarse hacia él.
Namjeravala je sjesti pokraj njega i nagnuti se prema njemu.
Y le iba a contar sobre la escuela de música.
I namjeravao joj je reći za glazbenu školu.
Tenía la firme intención de enviarla a la academia.
Imao je čvrstu namjeru poslati je u akademiju.
Se lo habría contado a todo el mundo la pasada Navidad.
Svima bi to rekao prošlog Božića.
¿Ya había llegado y pasado realmente la Navidad?
Je li Božić stvarno već došao i prošao?
Y no habría dejado que nadie le disuadiera de ello.
I ne bi dopustio nikome da ga od toga odvrati.
Pero entonces el desafortunado accidente lo detuvo todo.
Ali onda je nesretna nesreća sve zaustavila.
La hermana se habría sentido abrumada por la emoción.
Sestru bi preplavile emocije.
Y entonces Gregor se habría subido hasta su hombro.
A onda bi se Gregor popeo na njezino rame.
Y la habría consolado besándole el cuello.
I utješio bi je ljubeći joj vrat.
—¡Señor Samsa! —gritó el hombre del medio al padre.
„Gospodine Samsa!“ čovjek u sredini doviknuo je ocu.
Señalaba con su dedo índice hacia Gregor.
Kažiprstom je pokazivao prema dolje na Gregora.
Gregor se movía lentamente por el suelo de la sala de estar.
Gregor se polako kretao po podu dnevne sobe.
El sonido del violín se silenció muy rápidamente.
Sviranje violine vrlo brzo je utihnulo.
El del medio de los tres hombres sonrió a sus amigos.
Srednji od trojice muškaraca nasmiješio se svojim prijateljima.

Luego meneó la cabeza y volvió a mirar a Gregor.

Zatim je odmahnuo glavom i ponovno pogledao Gregora.

El padre podría haber obligado a Gregor a regresar a su habitación.

Otac je mogao prisiliti Gregora da se vrati u njegovu sobu.

Pero esa no fue la primera acción que decidió tomar.

Ali to nije bio prvi potez na koji se odlučio.

Pensó que era más importante calmar a los caballeros.

Mislio je da je važnije smiriti gospodu.

Aunque en realidad no estaban molestos en absoluto por Gregor.

Iako ih Gregor zapravo uopće nije uzrujao.

Gregor parecía más entretenido que tocar el violín.

Gregor se činio zabavnijim od sviranja violine.

Corrió hacia ellos con los brazos extendidos.

Pojurio je prema njima raširenih ruku.

Estaba intentando hacer lo mejor que podía para ocultar su visión de Gregor.

Trudio se svim silama prikriti njihov pogled na Gregora.

Y trató de animarlos a regresar a su habitación.

I pokušao ih je potaknuti da se vrate u svoju sobu.

En realidad, esto los hizo enfadar un poco.

Ako ih je išta, ovo ih je zapravo malo iznerviralo.

Pero era difícil decir exactamente qué les molestaba.

Ali bilo je teško reći što ih je točno živciralo.

El padre estaba arruinando la diversión de la noche.

Otac je kvario zabavu te večeri.

Pero también acababan de enterarse de su nuevo compañero de piso.

Ali upravo su saznali i za svog novog cimera.

Levantaron las manos tal como lo había hecho el padre.

Podigli su ruke baš kao što je to učinio i otac.

Exigieron una explicación inmediata al padre.

Zahtijevali su hitno objašnjenje od oca.

Se tiraron inquietos de la barba esperando una respuesta.

Nemirno su čupali brade tražeći odgovor.

Y retrocedieron hasta su habitación, pero muy lentamente.

I krenuli su unatrag prema svojoj sobi, ali vrlo polako.
La interrupción había dejado a la hermana en trance.
Prekid je sestru bacio u trans.
Dejó que el violín y el arco colgaran a su lado.
Pustila je violinu i gudalo da vise sa strane.
Y ella miraba la partitura como si todavía estuviera tocando.
I pogledala je note kao da još uvijek sviraju.
Pero de repente ella regresó a la habitación.
Ali onda se iznenada povukla natrag u sobu.
Y ahora había superado el sentimiento de estar perdida.
I sada je prevladala osjećaj izgubljenosti.
Ella colocó el instrumento musical en el regazo de su madre.
Stavila je glazbeni instrument majci u krilo.
La madre estaba sentada en la silla, respirando con dificultad.
Majka je sjedila na stolici i teško disala.
Y entonces la hermana tuvo que correr a la habitación de al lado.
A onda je sestra morala otrčati u susjednu sobu.
Tenía que dejar todo listo para los caballeros.
Morala je sve pripremiti za gospodu.
Ella arrojó las mantas y los cojines al aire.
Bacila je deke i jastuke u zrak.
Y con sus manos expertas dispuso toda la ropa de cama.
I svojim vještim rukama namjestila je svu posteljinu.
Terminó antes de que los caballeros llegaran a la habitación.
Završila je prije nego što su gospoda stigla u sobu.
Y ella se escabulló antes de interponerse en su camino.
I iskliznula je prije nego što im se našla na putu.
El padre parecía estar dominado por su propia terquedad.
Činilo se kao da je otac obuzet vlastitom tvrdoglavošću.
Y así olvidó todo respeto que debía a sus inquilinos.
I tako je zaboravio svako poštovanje koje je dugovao svojim stanarima.
Empujó y empujó hasta que su portavoz se opuso.
Gurao je i gurao sve dok se njihov glasnogovornik nije usprotivio.

Al llegar a la puerta, dio una patada furiosa.
Ljutito je lupio nogom kad je stigao do vrata.
Y con esto logró detener al padre.
I time je doveo oca u zastoj.
"Por la presente declaro", comenzó dirigiéndose a su propietario.
„Ovime izjavljujem", počeo je obraćati se svom stanodavcu.
Y levantó la mano, mirando a toda la familia.
I podigao je ruku, gledajući cijelu obitelj.
"En cuanto a las repugnantes condiciones de la habitación;"
"Što se tiče odvratnih uvjeta u sobi;"
Y se aseguró de que todos escucharan sus palabras.
I pobrinuo se da svi slušaju njegove riječi.
"Por la presente, le comunico que desocuparé mi habitación".
"Ovim dajem obavijest da ću napustiti svoju sobu."
Y reiteró su punto escupiendo en el suelo.
I dodatno je potkrijepio svoju poantu pljunuvši na tlo.
"Tampoco pagaré por los días que he vivido aquí."
"Niti ću platiti za dane koje sam ovdje proveo."
Sin embargo, no estaba completamente satisfecho con este reembolso.
Međutim, nije bio u potpunosti zadovoljan ovim povratom novca.
"Y consideraré hacer otras demandas contra usted."
"I razmotrit ću postavljanje drugih zahtjeva protiv vas."
Créeme, tales exigencias serán muy fáciles de justificar.
"Vjerujte mi, takve će zahtjeve biti vrlo lako opravdati."
Él permaneció en silencio y miró directamente al padre.
Šutio je i gledao ravno ispred sebe u oca.
Parecía estar esperando que sucediera algo más.
Činilo se kao da očekuje da će se dogoditi nešto više.
De hecho, sus dos amigos inmediatamente tuvieron la misma idea.
Zapravo, njegova dva prijatelja odmah su imala istu ideju.
"También estamos cancelando nuestras habitaciones", dijeron al unísono.
„Također otkazujemo sobe", rekli su uglas.

Luego agarró la manija de la puerta y cerró la puerta.
Zatim je uhvatio kvaku na vratima i zatvorio vrata.
Y con un fuerte estruendo se encerraron en su habitación.
I uz glasan tresak zatvorili su se u svoju sobu.
El padre se tambaleó hasta su silla con manos torpes.
Otac se teturajući dovukao do svoje stolice pipajući rukama.
Y se dejó caer en la silla, derrotado.
I pustio se da padne u stolicu, poražen.
Parecía como si fuera a echar su siesta vespertina habitual.
Izgledalo je kao da ide na svoju uobičajenu večernju drijemež.
Pero su cabeza asintió casi como si no tuviera apoyo.
Ali glava mu je kimnula gotovo kao da nema potporu.
Y se podía ver que no estaba durmiendo en absoluto.
I vidjelo se da uopće nije spavao.
Durante todo este tiempo Gregor no se había movido de su sitio.
Sve to vrijeme Gregor se nije pomaknuo s mjesta.
Todavía estaba donde los caballeros lo habían visto por primera vez.
Još je uvijek bio tamo gdje su ga gospoda prvi put vidjeli.
Incluso si hubiera querido moverse, le resultó imposible.
Čak i da se htio preseliti, to mu je bilo nemoguće.
Por su decepción, o por su hambre.
Zbog svog razočaranja ili zbog svoje gladi.
Estaba decepcionado por el fracaso de su plan.
Bio je razočaran neuspjehom svog plana.
Y estaba débil por el hambre prolongada que sentía.
I bio je slab od dugotrajne gladi koju je osjećao.
Estaba seguro de que en cualquier momento todos se volverían contra él.
Bio je siguran da će se svi svakog trena okrenuti protiv njega.
Con esta expectativa de colapso inminente, esperó.
S tim očekivanjem neposrednog sloma čekao je.
El violín empezó a deslizarse del regazo de la madre.
Violina je počela kliziti iz majčinog krila.
Con un sonido resonante el violín cayó al suelo.
Uz zaglušujući zvuk violina je pala na tlo.

Pero ni siquiera ese repentino ruido estrepitoso lo sobresaltó.
Ali čak ga ni taj iznenadni zvuk treska nije prestrašio.
«Queridos padres», dijo la hermana, «esto no puede continuar».
„Dragi roditelji", rekla je sestra, „ovo se ne može nastaviti."
Y golpeó la mesa con la mano para dejar claro su punto.
I udarila je rukom o stol kako bi potkrijepila svoju poantu.
"No diré el nombre de mi hermano delante de este monstruo".
"Neću izgovoriti ime svog brata pred ovim čudovištem."
"Por eso lo digo lo más claramente posible:"
"Zato ovo kažem što je moguće otvorenije:"
"No tenemos otra opción que deshacernos de este animal".
"Nemamo drugog izbora nego se riješiti ove životinje."
"Hicimos lo mejor que pudimos para tolerar y cuidar a este animal".
"Dali smo sve od sebe da toleriramo i brinemo se o ovoj životinji."
"No creo que nadie pueda culparnos en lo más mínimo".
"Mislim da nas nitko ne može ni najmanje kriviti."
"Tiene mil veces razón", asintió el padre.
„Tisuću puta je u pravu", složi se otac.
La madre aún no había recuperado del todo el aliento.
Majka još nije bila potpuno povratila dah.
Ella empezó a toser sordamente en su mano, respirando con dificultad.
Počela je tupo kašljati u ruku, teško dišući.
Y una expresión de locura comenzó a surgir en sus ojos.
I u njenim očima se počeo pojavljivati lud izraz.
La hermana corrió hacia su madre y le sujetó la frente.
Sestra je pojurila k majci i uhvatila je za čelo.
El padre pareció inspirarse en las palabras de la hermana.
Činilo se da su sestrine riječi nadahnule oca.
Y sus pensamientos parecían ser más claros que antes.
I činilo se da su mu misli bile jasnije nego prije.
Dejó de asentir con la cabeza y volvió a sentarse derecho.

Prestao je klimati glavom i ponovno se uspravio.

Y jugaba con la gorra de sirviente, sumido en sus pensamientos.

I igrao se kapom svog sluge, duboko zamišljen.

Los platos de los inquilinos todavía estaban sobre la mesa.

Tanjuri od stanara još su bili na stolu.

Y a veces miraba hacia el silencioso Gregor.

I ponekad je pogledavao prema šutljivom Gregoru.

"Tenemos que intentar deshacernos de él", le dijo la hermana.

„Moramo pokušati da ga se riješimo", rekla mu je sestra.

La madre estaba demasiado ocupada tosiendo como para escuchar.

Majka je bila previše zaokupljena kašljanjem da bi slušala.

"Los matará a ambos, ya lo veo venir."

"Ubit će vas oboje, već vidim kako će se to dogoditi."

"No podemos seguir trabajando tan duro como lo hacemos todos."

"Ne možemo svi nastaviti raditi tako naporno kao što radimo."

"Y cada día tenemos que volver a casa y encontrarnos con esta tortura."

"I svaki dan se moramo vratiti kući na ovo mučenje."

"No podemos soportarlo más. No puedo soportarlo."

"Ne možemo to više izdržati. Ne mogu to izdržati."

Ella cayó ante su madre en un último estallido de lágrimas.

U posljednjem naletu suza pala je na majku.

Las lágrimas cayeron por su rostro y sobre el de su madre.

Suze su joj padale niz lice i na majčino.

Y se secó las lágrimas con un movimiento mecánico.

I mehaničkim pokretom obrisala je suze.

"Hijo mío", dijo el padre con voz compasiva.

„Dijete moje", rekao je otac suosjećajnim glasom.

Había profunda simpatía y comprensión en su voz.

U njegovom glasu čula se duboka sućut i razumijevanje.

«Pero ¿qué debemos hacer?», confesó no saberlo.

„Ali što bismo trebali učiniti?" priznao je da ne zna.

La hermana simplemente se encogió de hombros con impotencia.

Sestra je samo bespomoćno slegnula ramenima.

Y su confianza anterior fue reemplazada nuevamente por lágrimas.

I njezino ranije samopouzdanje ponovno su zamijenile suze.

«Si nos entendiera», dijo el padre en voz alta.

„Kad bi nas samo razumio", reče otac naglas.

Y se preguntó si tal vez Gregor entendía.

I gotovo se zapitao je li Gregor možda razumio.

La hermana simplemente sacudió su mano violentamente mientras lloraba.

Sestra joj je samo žestoko stisnula ruku dok je plakala.

Y entonces ella señaló que no se debía pensar en esa idea.

I tako je dala do znanja da se o toj ideji ne treba razmišljati.

«¡Si nos comprendiera!», repitió el padre.

„Ali kad bi nas samo razumio", ponovi otac.

Cerrando los ojos consideró la respuesta de la hermana.

Zatvorivši oči, razmislio je o sestrinom odgovoru.

"Si lo entendiera se podría llegar a un acuerdo con él."

"Da je razumio, mogao bi se s njim postići dogovor."

"Pero estando las cosas como están..."

"Ali s obzirom na to da su stvari ovakve kakve jesu..."

"Tiene que irse", gritó la hermana, "es la única manera".

„Mora ići", uzviknula je sestra, „to je jedini način."

"Tienes que deshacerte de la idea de que es Gregor".

"Moraš se riješiti misli da je to Gregor."

"Que lo hayamos creído durante tanto tiempo es nuestra verdadera desgracia."

"To što smo u to tako dugo vjerovali je naša prava nesreća."

«¿Pero cómo puede ser Gregor?», le preguntó a su padre.

„Ali kako to može biti Gregor?" upitala je oca.

"Sabía que un animal así no podía coexistir con los humanos".

"Znao je da takva životinja ne može koegzistirati s ljudima."

Gregor nos habría abandonado hace mucho tiempo, voluntariamente.

„Gregor bi nas već odavno napustio, dobrovoljno."
"Es cierto, entonces no tendríamos ningún hermano."
"Istina je, onda ne bismo imali brata."
"Pero podríamos seguir viviendo y honrar su memoria".
"Ali mogli bismo nastaviti živjeti i odati počast njegovom sjećanju."
"Pero esta bestia nos persigue y ahuyenta a nuestros labradores."
"Ali ova zvijer nas progoni i tjera naše stanare."
"Es evidente que quiere apoderarse de todo el apartamento".
"Očito želi preuzeti cijeli stan."
"Esta bestia quiere hacernos dormir en la calle."
"Ova zvijer nas želi natjerati da spavamo na ulici."
«Mira, padre», gritó de repente, «¡se mueve otra vez!»
"Gledaj, oče", iznenada je uzviknula, "opet se miče!"
E hizo algo que ni siquiera Gregor pudo entender.
I učinila je nešto što čak ni Gregor nije mogao razumjeti.
Ella se apartó, como sacrificando a la madre.
Odgurnula se, kao da žrtvuje majku.
Y ella corrió detrás de su padre buscando algún tipo de seguridad.
I trčala je za ocem radi neke vrste sigurnosti.
El padre estaba agitado únicamente porque su hija lo estaba.
Otac je bio uznemiren samo zato što je bila i njegova kći.
Pero entonces él también se levantó y levantó los brazos sobre ella.
Ali onda je i on ustao i podigao ruke nad njom.
Pero Gregor no tenía intención de asustar a nadie.
Ali Gregor nije imao namjeru nikoga prestrašiti.
Sobre todo no pensó en asustar a su hermana.
Pogotovo nije imao na umu da će uplašiti svoju sestru.
Él sólo estaba intentando regresar a su habitación.
Samo se pokušavao okrenuti natrag prema svojoj sobi.
Pero dado que su estado estaba empeorando, incluso esto era difícil.
Ali u njegovom sve gorem stanju čak je i to bilo teško.
Y ya no tenía pleno uso de todas sus piernas.

I više nije mogao u potpunosti koristiti sve svoje noge.
Entonces usó su cabeza para levantar su cuerpo y girar.
Zato je koristio glavu da podigne tijelo i okrene se.
Hizo una pausa y miró a su alrededor esperando la aprobación de la familia.
Zastao je i osvrnuo se oko sebe tražeći odobrenje obitelji.
Su buena intención parecía haber sido reconocida.
Činilo se da je njegova dobra namjera prepoznata.
Su movimiento sólo había sido un shock momentáneo para ellos.
Njegov pokret ih je samo na trenutak iznenadio.
Ahora todos lo miraban en un silencio infeliz.
Sada su ga svi gledali u nesretnoj tišini.
La madre seguía tumbada en el sillón, exhausta.
Majka je još uvijek ležala u naslonjaču, iscrpljena.
El padre y la hermana estaban sentados uno al lado del otro.
Otac i sestra sjedili su jedno pored drugog.
«Quizás ahora me dejen dar la vuelta», pensó Gregor.
„Možda će me sada pustiti da se okrenem", pomislio je Gregor.
Y continuó haciendo su torpe movimiento de giro.
I nastavio je sa svojim nespretnim pokretom okretanja.
No podía reprimir los jadeos ocasionales de esfuerzo.
Nije mogao suzbiti povremene uzdahe napora.
Y se vio obligado a descansar un par de veces entre uno y otro.
I bio je prisiljen odmoriti se nekoliko puta između.
Ya nadie le obligaba a apresurarse; la decisión estaba en sus manos.
Nitko ga sada nije tjerao da žuri; sve je bilo prepušteno njemu.
Al final completó el giro lento y doloroso.
Napokon je završio spori i bolni okret.
Inmediatamente comenzó a caminar directamente de regreso a su habitación.
Odmah je počeo hodati natrag u svoju sobu.
Se sorprendió de lo lejos que estaba de su habitación.
Bio je zapanjen koliko je bio daleko od svoje sobe.

¿Cómo, a pesar de su debilidad, había llegado allí antes?

Kako je, unatoč svojoj slabosti, prije stigao tamo?

Había recorrido casi el mismo camino sin darse cuenta.

Prošao je gotovo istim putem, a da to nije ni primijetio.

Ahora él sólo se concentró en gatear tan rápido como podía.

Sada se samo koncentrirao na puzanje što je brže mogao.

La falta de comentarios por parte de alguien no le inquietó.

Nedostatak komentara od bilo koga ga nije uznemirio.

Sólo cuando ya estaba en la puerta giró la cabeza.

Tek kad je već bio na vratima, okrenuo je glavu.

Pero no pudo darse la vuelta para mirar hacia atrás por completo.

Ali nije se mogao okrenuti da se potpuno osvrne.

Porque sintió que su cuello se ponía aún más rígido al girarse.

Jer je osjetio kako mu se vrat još više ukočio dok se okretao.

Pero vio que de todas formas nada había cambiado detrás de él.

Ali vidio je da se iza njega ionako ništa nije promijenilo.

La única diferencia fue que su hermana se puso de pie.

Jedina je razlika bila u tome što je njegova sestra ustala.

Su última mirada mostró que su madre se había quedado dormida.

Njegov posljednji pogled pokazao je da je njegova majka zaspala.

Tan pronto como estuvo dentro de su habitación la puerta se cerró.

Čim je ušao u svoju sobu, vrata su se zatvorila.

Y tan pronto como la puerta se cerró, el cerrojo quedó bloqueado.

I čim su se vrata zatvorila, brava je bila zaključana.

Gregor se asustó por el ruido inesperado que se oía detrás.

Gregora je prestrašila neočekivana buka iza sebe.

Y sus piernas se doblaron bajo él por la repentina sorpresa.

I noge su mu klecnule od iznenadnog iznenađenja.

Fue la hermana quien corrió hacia la puerta detrás de él.

Bila je to sestra koja je pojurila prema vratima za njim.

Ella ya se encontraba allí de pie, esperándolo.

Već je stajala ondje uspravno i čekala ga.

Luego saltó hacia delante ligeramente sin que Gregor la oyera.

Zatim je lagano skočila naprijed, a da je Gregor nije čuo.

"¡Por fin!" gritó en voz alta mientras giraba la llave.

„Konačno!" glasno je pozvala dok je okretala ključ.

"¿Y ahora qué?", se preguntó Gregor, solo en la oscuridad.

„Što sad?", upitao se Gregor, sam u mraku.

Pronto descubrió que ya no podía moverse en absoluto.

Ubrzo je shvatio da se više uopće ne može pomaknuti.

Pero no le sorprendió realmente su inmovilidad.

Ali ga njegova nepokretnost zapravo nije iznenadila.

Poder moverse con piernas tan delgadas parecía ridículo.

Mogućnost kretanja na tako tankim nogama činila se smiješnom.

No sabía cómo había sido capaz de hacerlo.

Nije znao kako je to ikada mogao učiniti.

Pero aparte de eso se sentía relativamente cómodo.

Ali osim toga osjećao se relativno ugodno.

Es cierto que sentía un dolor profundo en todo el cuerpo.

Istina je da je osjećao duboku bol u cijelom tijelu.

Pero el dolor parecía hacerse cada vez más débil.

Ali bol je izgledala sve slabija i slabija.

Y sintió que el dolor eventualmente desaparecería.

I osjećao je kao da će bol konačno nestati.

Ya casi no sentía la manzana podrida en su espalda.

Jedva je više osjećao trulu jabuku u leđima.

Pensó en su familia con emoción y amor.

S emocijama i ljubavlju se prisjetio svoje obitelji.

Sintió las emociones de su hermana incluso más que ella misma.

Osjećao je sestrine emocije čak i više nego ona sama.

Ella tenía razón en lo que había dicho: él tenía que irse.

Bila je u pravu u onome što je rekla; morao je otići.

Pasó algún tiempo en ese estado vacío y pacífico.

Proveo je neko vrijeme u ovom praznom i mirnom stanju.

El reloj dio tres veces, silenciosamente, pero con firmeza.
Sat je otkucao tri puta, tiho, ali čvrsto.
Gregor fue sacado suavemente de sus meditaciones.
Gregor je nježno izvučen iz svojih razmišljanja.
Observó cómo la luz de la mañana entraba lentamente en su habitación.
Gledao je kako jutarnje svjetlo polako ulazi u njegovu sobu.
Entonces su cabeza se hundió por completo, sin su voluntad.
Tada mu je glava potpuno klonula, bez njegove volje.
Y su último aliento fluyó débilmente de su nariz.
I posljednji mu je dah slabo tekao iz nosnica.

La criada entró en su habitación temprano en la mañana.
Sluškinja je rano ujutro ušla u njegovu sobu.
No encontró nada inusual durante su corta visita habitual.
Tijekom svog uobičajenog kratkog posjeta nije pronašla ništa neobično.
Con fuerza y prisa cerró de golpe todas las puertas.
Iz snage i žurbe, zalupila je svim vratima.
No fue posible dormir tranquilo en todo el apartamento.
U cijelom stanu nije bilo moguće mirno spavati.
Le habían pedido que evitara hacer esto por la mañana.
Zamoljena je da to ne radi ujutro.
Ella pensó que él yacía allí inmóvil a propósito.
Mislila je da namjerno leži tako nepomično.
Quizás quería demostrarle que estaba ofendido.
Možda joj je htio pokazati da je uvrijeđen.
Ella confiaba en que él tenía todo tipo de inteligencia.
Vjerovala mu je da posjeduje sve vrste inteligencije.
Ella sostenía por casualidad la escoba larga en su mano.
Slučajno je u ruci držala dugu metlu.
Entonces, desde la puerta, intentó hacerle un poco de cosquillas a Gregor.
Dakle, s vrata je pokušala malo poškakljati Gregora.
Ella estaba un poco molesta porque él no respondió en absoluto.
Bila je malo ljutita što uopće nije odgovorio.

Así que esta vez lo empujó un poco más firmemente.

Zato ga je ovaj put malo čvršće gurnula.

Cuando él no ofreció resistencia, ella lo miró más de cerca.

Kad nije pokazao otpor, bolje ga je pogledala.

Pronto se dio cuenta de lo que realmente le había sucedido a Gregor.

Ubrzo je shvatila što se zapravo dogodilo Gregoru.

Abrió más los ojos y silbó para sí misma.

Širom je otvorila oči i zviždala sama sebi.

Pero no perdió mucho tiempo antes de abrir la puerta.

Ali nije gubila puno vremena prije nego što je otvorila vrata.

Y clamó a gran voz en la oscuridad:

I ona poviče jakim glasom u tamu:

"Ven a echarle un vistazo, ahí está, completamente muerto."

"Dođi i pogledaj, eno ga, potpuno mrtvo."

Los dos padres estaban sentados erguidos en el lecho conyugal.

Dvoje roditelja sjedilo je uspravno u svom bračnom krevetu.

Primero tuvieron que superar el impacto del ruido.

Prvo su morali prevladati šok buke.

Pero poco a poco empezaron a comprender su mensaje.

Ali onda su polako počeli shvaćati njezinu poruku.

El señor y la señora Samsa saltaron cada uno de su lado de la cama.

Gospodin i gospođa Samsa iskočili su svako sa svoje strane kreveta.

El señor Samsa se echó la gruesa manta sobre los hombros.

Gospodin Samsa prebacio je debelu deku preko ramena.

Y la señora Samsa salió sin nada más que su camisón.

I gospođa Samsa izašla je samo u spavaćici.

Y así entraron en la habitación de Gregor.

I tako su ušli u Gregorovu sobu.

Mientras tanto, la puerta de la sala de estar también se había abierto.

U međuvremenu, otvorila su se i vrata dnevne sobe.

Grete había dormido allí desde que los inquilinos se mudaron.

Grete je ondje spavala otkad su se stanari uselili.

Estaba completamente vestida como si no hubiera dormido en absoluto.

Bila je potpuno odjevena kao da uopće nije spavala.

Su rostro pálido también parecía demostrar su falta de sueño.

Činilo se da i njezino blijedo lice dokazuje nedostatak sna.

"¿Está muerto?" preguntó la señora Samsa, mirando a la criada.

„Je li mrtav?" upitala je gospođa Samsa gledajući sluškinju.

Ella podría haberlo confirmado mirándolo ella misma.

Mogla je to potvrditi da ga je i sama pogledala.

"Creo que sí", dijo la criada cogiendo la escoba.

„Mislim da da", rekla je sluškinja, uzimajući metlu.

Y ella empujó su cuerpo muy lejos por el suelo.

I gurnula je njegovo tijelo daleko preko poda.

La señora Samsa hizo un movimiento como si quisiera detenerla.

Gospođa Samsa napravi pokret kao da ju je htjela zaustaviti.

Pero al final dejó que la criada llevara a Gregor de un lado a otro.

Ali na kraju je dopustila sluškinji da pomiče Gregora okolo.

—Bueno —dijo el señor Samsa—, por fin podemos dar gracias a Dios.

„Pa", rekao je gospodin Samsa, „konačno možemo zahvaliti Bogu."

Hizo la señal de la cruz; cabeza, pecho, hombros.

Napravio je znak križa; glavu, prsa, ramena.

Y las tres mujeres siguieron su ejemplo religioso.

I tri žene su slijedile njegov religiozni primjer.

Grete, que no apartaba la vista del cadáver, dijo:

Grete, koja nije skidala pogled s leša, rekla je;

"Mira qué delgado estaba, hacía tanto tiempo que no comía."

"Pogledaj kako je bio mršav, tako dugo nije jeo."

"La comida que le dejaba cada mañana siempre estaba intacta."

"Hrana koju sam mu ostavljao svako jutro uvijek je bila netaknuta."

De hecho, el cuerpo de Gregor estaba completamente plano y seco.

Zapravo, Gregorovo tijelo bilo je potpuno ravno i suho.

Esto era más visible ahora que estaba en el suelo.

To je bilo vidljivije sada kada je bio na tlu.

Porque su cuerpo ya no era levantado por sus piernas.

Jer njegovo tijelo više nije bilo podizano nogama.

Y porque no había nada más que distrajera la vista.

I zato što nije bilo ničega drugog što bi odvraćalo pogled.

—Ven un rato con nosotros, Grete —dijo la señora Samsa.

„Pođi malo s nama unutra, Grete“, rekla je gospođa Samsa.

Había una sonrisa dolorosa en sus labios mientras hablaba.

Na usnama joj je titrao bolan osmijeh dok je govorila.

Grete los siguió, pero también miró hacia el cadáver.

Grete ih je slijedila, ali se i osvrnula na leš.

La criada cerró la puerta y abrió completamente la ventana.

Sluškinja je zatvorila vrata i potpuno otvorila prozor.

Todavía era temprano, por lo que normalmente el aire estaría frío.

Bilo je još rano, pa bi zrak inače bio hladan.

Pero también había una mezcla de calidez en el aire frío.

Ali u hladnom zraku osjećala se i mješavina topline.

Como un suave recordatorio de que ya era finales de marzo.

Kao blagi podsjetnik da je sada kraj ožujka.

Los tres inquilinos ahora también salieron de su habitación.

Troje stanara sada je također izašlo iz svoje sobe.

Miraron a su alrededor con asombro en busca de su desayuno.

Zadivljeno su se osvrnuli oko sebe tražeći doručak.

El desayuno fue olvidado por lo que encontró la criada.

Doručak je bio zaboravljen zbog onoga što je sobarica pronašla.

"¿Dónde está el desayuno?" se quejó el caballero del medio.

„Gdje je doručak?“ promrmlja srednji gospodin.

La criada se llevó el dedo a la boca para ordenar silencio.

Sluškinja je stavila prst na usta kako bi naredila tišinu.

Y ella rápidamente y en silencio saludó a los caballeros.

I ona je žurno i tiho mahnula gospodi.

La criada acompañó a los tres caballeros a la habitación.

Sluškinja je uvela trojicu gospode u sobu.

Y continuó explicándoles lo que había sucedido.

I nastavila im je objašnjavati što se dogodilo.

Y los tres caballeros estaban alrededor del cadáver de Gregor.

I trojica gospode stajala su oko Gregorova leša.

Con las manos en los bolsillos miraron hacia abajo.

S rukama u džepovima gledali su dolje.

La luz de la mañana ahora había inundado completamente la habitación.

Jutarnja svjetlost je sada potpuno preplavila sobu.

Entonces se abrió la puerta del dormitorio y apareció el señor Samsa.

Tada su se vrata spavaće sobe otvorila i pojavio se gospodin Samsa.

A un lado estaba su esposa y al otro su hija.

S jedne strane bila je njegova supruga, a s druge kćerka.

Para entonces el señor Samsa ya llevaba puesto su uniforme.

Gospodin Samsa je već nosio svoju uniformu.

Se podía ver que todos habían estado llorando un poco.

Moglo se vidjeti da su svi pomalo plakali.

Grete presionó su cara contra el brazo de su padre.

Grete je pritisnula lice uz očevu ruku.

"¡Sal de mi apartamento inmediatamente!" ordenó el señor Samsa.

„Odmah napustite moj stan!" naredio je gospodin Samsa.

Y señaló la puerta sin dejar salir a las mujeres.

I pokazao je na vrata ne puštajući žene da odu.

"¿Qué quieres decir?" preguntó el intermediario desconcertado.

„Što misliš?" upitao je zbunjeno srednji čovjek.

Y él hizo lo mejor que pudo para sonreír dulcemente al señor Samsa.

I dao je sve od sebe da se slatko nasmiješi gospodinu Samsi.

Los otros dos llevaban las manos tras la espalda.

Druga dvojica su držala ruke iza leđa.

Y se frotaron las manos con anticipación.

I trljali su ruke u iščekivanju.

Parecía que esperaban que se produjera una fuerte pelea.

Činilo se kao da očekuju da će doći do glasne svađe.

Pero ellos parecían estar contentos con la discusión que se avecinaba.

Ali činilo se da su sretni zbog nadolazeće svađe.

Creían que la disputa sería a su favor.

Mislili su da će spor biti u njihovu korist.

"Quiero decir exactamente lo que acabo de decir", respondió el señor Samsa.

„Mislim upravo ono što sam upravo rekao", odgovorio je gospodin Samsa.

Caminó en línea recta con sus dos compañeros.

Hodao je u ravnoj liniji sa svoja dva suputnika.

Y el señor Samsa se dirigió directamente a su caballero principal.

I gospodin Samsa se izravno obratio njihovom vodećem gospodinu.

El caballero primero se quedó quieto, mirando al suelo.

Gospodin je prvo stajao mirno, gledajući u tlo.

El contenido de su cabeza todavía estaba ordenándose.

Sadržaj njegove glave se još uvijek slagao.

—Está bien, nos vamos —dijo y miró al señor Samsa.

„Dobro, idemo", rekao je i pogledao gospodina Samsu.

Una nueva humildad pareció apoderarse de él de repente.

Činilo se kao da ga je iznenada obuzela neka nova poniznost.

Y parecía estar pidiendo permiso para esta decisión.

I činilo se kao da traži dopuštenje za ovu odluku.

El señor Samsa abrió mucho los ojos y asintió un poco.

Gospodin Samsa širom otvori oči i lagano kimne.

Los caballeros obedecieron inmediatamente su orden.

Gospoda su odmah poslušala njegovu naredbu.

Y efectivamente dieron largos pasos por el pasillo.

I doista su dugim koracima ušli u hodnik.
Sus amigos ya habían dejado de frotarse las manos.
Njegovi prijatelji su već prestali trljati ruke.
Habían estado escuchando cómo iba la conversación.
Slušali su kako teče razgovor.
Y ahora corrían tras él, como si tuvieran miedo.
I sada su trčali za njim, kao da su se bojali.
El señor Samsa aún podría aislarlos de su líder.
Gospodin Samsa bi ih još uvijek mogao izolirati od njihovog
vođe.
Sacaron sus palos del contenedor.
Izvukli su svoje štapiće iz posude za štapiće.
Y se inclinaron en silencio antes de salir del apartamento.
I tiho su se naklonili prije nego što su napustili stan.
**El señor Samsa y las dos mujeres salieron del patio
delantero.**
Gospodin Samsa i dvije žene izašli su iz predvorja.
**Pero en realidad no tenían motivos para desconfiar de los
hombres.**
Ali zapravo nisu imali razloga ne vjerovati muškarcima.
**Se apoyaron en la barandilla para comprobar si se habían
ido.**
Naslonili su se na ogradu kako bi provjerili jesu li otišli.
**Los tres caballeros efectivamente estaban bajando las
escaleras.**
Trojica gospodina su doista silazila niz stepenice.
En un determinado recodo de la escalera desaparecieron.
U određenom zavoju stubišta su nestali.
Y entonces la escalera los trajo de nuevo a la vista.
A onda ih je stubište ponovno dovelo u vidokrug.
Esta aparición y desaparición se repite en cada piso.
To pojavljivanje i nestajanje ponavljalo se na svakom katu.
Pero al final casi habían llegado al fondo.
Ali na kraju su gotovo stigli do dna.
Cuanto más avanzaban, más aburridos parecían.
Što su dalje išli, to su bili nezanimljiviji.
Todos regresaron a casa, como si se sintieran aliviados.

Svi su se vratili u kuću, kao da su osjetili olakšanje.

Decidieron aprovechar el día para descansar y salir a pasear.

Odlučili su iskoristiti dan za odmor i šetnju.

Sentían que merecían este descanso de su trabajo.

Osjećali su da su zaslužili ovaj odmor od posla.

No sólo merecían este descanso, sino que lo necesitaban.

Ne samo da su zaslužili ovaj odmor, nego im je bio potreban.

Se sentaron a la mesa para escribir cartas de disculpas.

Sjeli su za stol kako bi napisali pisma isprike.

El señor Samsa escribió una carta de disculpas a su dirección.

G. Samsa je napisao pismo isprike svom menadžmentu.

La señora Samsa escribió su carta de disculpas a sus clientes.

Gospođa Samsa napisala je pismo isprike svojim klijentima.

Y Grete escribió su carta de disculpa a su director.

I Grete je napisala pismo isprike svom ravnatelju.

Mientras todos escribían, la criada llegó a la habitación.

Dok su svi pisali, sobarica je ušla u sobu.

Su trabajo de la mañana había terminado, por lo que se dirigía a casa.

Njezin jutarnji posao je bio gotov, pa je išla kući.

Los tres escritores asintieron al principio, sin levantar la vista.

Trojica pisaca su isprva kimnula, ne dižući pogled.

Pero la criada no parecía querer irse todavía.

Ali činilo se da sluškinja još nije htjela otići.

Esperó un poco, hasta que los tres escritores levantaron la vista.

Pričekala je malo, dok trojica pisaca nisu podigla pogled.

"¿Y bien?" preguntó el señor Samsa, enojado como los demás.

„Pa?" upitao je gospodin Samsa, ljut, kao i ostali.

La criada estaba parada en la puerta con una sonrisa en su rostro.

Sluškinja je stajala na vratima s osmijehom na licu.

Dio la impresión de tener buenas noticias que informar.

Ostavljala je dojam kao da ima dobre vijesti za javiti.

Pero ella no iba a compartir la noticia a menos que se lo pidieran.

Ali nije namjeravala podijeliti vijest osim ako je ne zamole.

La pluma de avestruz erguida sobre su sombrero se balanceaba ligeramente.

Uspravno nojevo pero na njezinu šeširu lagano se njihalo.

Aquella pluma de avestruz siempre había molestado al señor Samsa.

To nojevo pero je oduvijek živciralo gospodina Samsu.

—Entonces, ¿qué quieres? —preguntó la señora Samsa con firmeza.

„Dakle, što onda želite?" upitala je gospođa Samsa čvrsto.

La criada todavía tenía mucho respeto por la señora Samsa.

Sluškinja je još uvijek imala puno poštovanja prema gospođi Samsi.

"Sí", respondió ella y soltó una carcajada amistosa.

„Da", odgovorila je i prasnula u prijateljski smijeh.

Por un momento su risa le impidió hablar.

Na trenutak ju je smijeh spriječio da progovori.

"No tienes que preocuparte por esa cosa de al lado".

"Ne moraš se brinuti zbog te stvari iz susjedstva."

"Ya he decidido cómo nos desharemos de él".

"Već sam dogovorio kako ćemo se toga riješiti."

La señora Samsa y Grete continuaron escribiendo sus cartas.

Gospođa Samsa i Grete nastavile su pisati svoja pisma.

Pero el señor Samsa se dio cuenta de que la criada aún no había terminado.

Ali gospodin Samsa primijetio je da sobarica još nije završila.

Ahora quería describir todo con más detalle.

Sada je htjela sve detaljnije opisati.

Pero él extendió su mano para rechazar sus esfuerzos.

Ali on je pružio ruku da odbije njezine napore.

Se dio cuenta de que no estaban interesados en sus planes.

Shvatila je da ih njezini planovi ne zanimaju.

Y entonces recordó la gran prisa en la que había estado.

I tada se sjetila velike žurbe u kojoj je bila.

"Ciao entonces", dijo ella, insultada por la falta de interés.

„Ciao onda", rekla je, uvrijeđena nedostatkom interesa.
Pero antes de irse cerró la puerta de un golpe terriblemente fuerte.
Ali prije nego što je otišla, strašno je snažno zalupila vratima.
"La despedirán esta noche", dijo el señor Samsa.
„Bit će otpuštena navečer", rekao je gospodin Samsa.
Pero su esposa y su hija estaban demasiado ocupadas para responderle.
Ali njegova žena i kći bile su previše zauzete da bi mu odgovorile.
Porque la criada había perturbado la paz recién adquirida.
Jer je sluškinja poremetila njihov novostečeni mir.
La madre y la hija se levantaron para ir a la ventana.
Majka i kćer ustanu da priđu prozoru.
Y abrazados se quedaron allí.
I ostali su tamo, zagrljeni jedno oko drugoga.
El señor Samsa se giró en su silla para mirarlos.
Gospodin Samsa se okrenuo na stolici da ih pogleda.
Y por un rato los observó en silencio mientras estaban allí de pie.
I neko ih je vrijeme tiho promatrao kako stoje ondje.
Finalmente les gritó: "¿Queréis venir a mí?"
Napokon ih je pozvao: "Hoćete li doći k meni?"
"Olvidémonos de todas esas cosas viejas, ¿de acuerdo?"
"Zaboravimo sve te stare stvari, hoćemo li?"
"Ven a mí y dame un poco de tu atención."
"Dođi k meni i posveti mi malo svoje pažnje."
Las dos mujeres hicieron lo que él les dijo y corrieron hacia él.
Dvije žene su učinile kako je rekao i pojurile su k njemu.
Le dieron un abrazo cariñoso y le besaron.
S ljubavlju su ga zagrlili i poljubili.
Regresaron rápidamente para terminar de escribir sus cartas.
Brzo su se vratili da dovrše pisanje svojih pisama.
Luego los tres abandonaron el apartamento juntos.
Zatim su sva trojica zajedno napustili stan.
No habían salido juntos de casa desde hacía meses.

Mjesecima nisu zajedno izlazili iz kuće.

Y tomaron el tranvía hasta las afueras de la ciudad.

I tramvajem su se odvezli do ruba grada.

Tenían todo el vagón del tranvía para ellos solos.

Imali su cijeli vagon tramvaja samo za sebe.

La luz del sol entraba a raudales por la ventana desde el exterior.

Sunčeva svjetlost je prodirala kroz prozor izvana.

La familia se reclinó cómodamente en sus asientos.

Obitelj se udobno zavalila u svoja sjedala.

Y discutieron las perspectivas para su futuro.

I raspravljali su o izgledima za svoju budućnost.

Al examinarlos más de cerca, sus perspectivas no eran malas.

Nakon detaljnijeg pregleda, njihovi izgledi nisu bili loši.

Los tres tenían trabajos con potencial para ganar más.

Sva trojica su imala poslove s potencijalom za veću zaradu.

Nunca se habían preguntado sobre su trabajo.

Nikada se nisu međusobno pitali o svom poslu.

Pero ahora finalmente tenían tiempo para discutir esas cosas.

Ali sada su napokon imali vremena razgovarati o takvim stvarima.

También tenían la opción de mudarse a un apartamento más pequeño.

Također su imali mogućnost preseljenja u manji stan.

Esto tendría el mayor impacto en sus vidas.

To bi imalo najveći utjecaj na njihove živote.

Su apartamento actual había sido elegido por Gregor.

Gregor je odabrao njihov trenutni stan.

Pero ahora podrían mudarse a algún lugar más asequible.

Ali sada bi se mogli preseliti negdje gdje je pristupačnije.

Un apartamento más pequeño, pero en un lugar más práctico.

Manji stan, ali negdje praktičnije.

Hablar sobre el futuro hizo que Grete se sintiera nuevamente más animada.

Razgovor o budućnosti ponovno je razvedrio Gretu.

El señor y la señora Samsa también notaron otros cambios en ella.
Gospodin i gospođa Samsa primijetili su i druge promjene na njoj.
Sus mejillas se habían vuelto pálidas por todas sus preocupaciones.
Obrazi su joj problijedili od svih briga.
Pero ahora su hija se estaba convirtiendo en una bella dama.
Ali sada se njihova kći razvijala u prekrasnu damu.
Ahora ella realmente era una joven bien formada y hermosa.
Sada je zaista bila dobro građena i lijepa mlada žena.
Sus padres guardaron silencio y admiraron a su hija.
Njeni roditelji su zašutjeli i divili se svojoj kćeri.
Se miraron el uno al otro comunicándose inconscientemente.
Pogledali su se međusobno nesvjesno komunicirajući.
"Pronto llegará el momento de encontrar un buen hombre para ella."
"Uskoro će biti vrijeme da pronađe dobrog muškarca za nju."
El tranvía había llegado a su destino y redujo la velocidad.
Tramvaj je stigao do odredišta i usporio.
Su hija pareció confirmar sus nuevos sueños.
Činilo se da njihova kći potvrđuje njihove nove snove.
Ella fue la primera en levantarse y estirar su joven cuerpo.
Bila je prva koja je ustala i protegnula svoje mlado tijelo.